一〇八怪談
夜叉

川奈まり子

竹書房文庫

目次

※本書に登場する人物はさまざまな事情を考慮して仮名にしてあります。

第一話　(序)煩悩を断ぜずして涅槃を得るなり。

通説では、除夜の鐘は煩悩《ぼんのう》の数にならって一〇八回撞《つ》くとされている。煩悩のうち最も根本的なものが貪《とん》・瞋《じん》・癡《ち》の三毒。貪欲《とんよく》（必要以上に欲望を抱くこと）、瞋恚《しんに》（怒りと憎しみ）、愚癡《ぐち》（無知蒙昧）、これらが世に諸悪と苦悩をもたらしているという。

また除夜の鐘には、四苦八苦＝4×9＋8×9＝108だから一〇八回撞くのだとする説もある。仏教では人の苦しみは生・老・病・死の四苦と、愛別離苦（愛する者との離別）、怨憎会《おんぞうえ》苦（怨みや憎しみとの遭遇）、求不得《ぐふとく》苦（求めるものが得られないこと）、五蘊盛《ごうんじょう》苦（心身から生じる苦しみ）の四つの苦を合わせた八苦に分類される。

――煩悩まみれの私は、現に今も原稿が進まず四苦八苦している次第だ。

私は若い頃には痴情がらみのトラブルが人一倍多かった。齢半世紀を過ぎても食う寝る遊ぶに足を取られて気を抜くと怠け、妬み嫉《そね》み恨み欲求不満からも逃れられない。

こうした煩悩を断った境地を釈尊《しゃくそん》は涅槃《ねはん》と呼んだ。

悟りを開けば涅槃に辿りつけるわけだが、凡人には無理。そこで煩悩を滅するには死ぬしかない、すなわち涅槃＝死であるとされ、亡くなることを涅槃に入ると言い表すようになった。しかし悪人は死後に地獄に堕ちるとも信じられていたから救いがない。

そこへ現れたのが親鸞聖人《しんらんしょうにん》という大天才。親鸞は、たとえ煩悩を断ち切ることができない駄目人間でも、それどころか殺人を犯した悪党であっても、阿弥陀仏《あみだぶつ》の教えに帰依すれば、死んだら往生して涅槃を得ると説いた。……こんなことを書いていると、うっかり私まで浄土真宗に入信してしまいたくなるが、これはそういう本ではない。

このたび、大晦日に鐘の音と共に煩悩を吐き出すが如く、一〇八話の怪談を読んでいただこうという趣向を考えた。

昔から実話を基にした怪談の筋立てには煩悩が欠かせない。有名な真景累ケ淵《しんけいかさねがふち》や四谷怪談も元をただせば実話で、知ってのとおり色と欲と怨念、すなわち煩悩まみれのお話だ。

赤信号、みんなで渡れば怖くない。読後は誰しも、「これでいいのだ」とバカボンパパの境地に至ることが出来るように願って、この一〇八の怪談は、どれも実話だ。

基本的には体験者へのインタビューを話の核にして、必要に応じて資料や実地踏査で得た情報を絡めて綴るつもりだが、たまに私自身が遭遇した出来事も……。

たとえば、うちの辺りでは、黄昏時になるといつも赤ん坊の泣き声が聞こえてくる。

しかし児童相談所の職員が付近一帯の家を虱潰しに訪ねても、乳幼児がいる家が一戸も無かったという。涅槃に片足を突っ込んだ住人たちが一斉に聴く幻の赤子の声は除夜の鐘じみて、妙に宵闇の気配をまとっている。

第二話　盆義理

　遠州地方（浜松市を含む静岡県西部）の初盆は独特なものだという。玄関前の迎え提《ちょう》灯《ちん》、盆提灯、迎え火・送り火など何処でも行う儀礼に付け加えて、葬式の祭壇と似た雛壇《ひなだん》式の大きな祭壇を飾る。さらに祭壇の左右に灯篭と花の籠盛《かごもり》を据えて、いたるところに菊の花を散りばめる。そして集うのも内輪と親しい友人だけでなく、葬儀に参列した人々ほぼ全員で、遠州ではこれを盆義理と呼ぶ。

　浜松市の鈴木直巳さんはいわゆる就職氷河期世代で、大学院を出ても良い就職口が得られず、院卒後しばらく職を転々とした。しかし同病相憐れむ同窓の親友・田中吉也さんがおり、彼と興味のベクトルが合ったため、お互い二八歳になったときに思い切って一緒に起業することにした。

　たまたま郷里も同じ浜松だった。各自実家に帰って家賃を浮かし、会うのは漫画喫茶やどちらかの家。WEB関連会社だからパソコンとスマホさえあればよく、初めは直巳さんの実家を事務所として届け出た。

　その後、浮き沈みはあったが、やがて社員やアルバイトを雇う余裕も出て、直巳さんは地元で再会した高校の後輩と結婚するに至る。

吉也さんは祝福してくれた。けれども、それから間もなく、辞職届を持ってきた。直巳さんは驚き、必死で引き留めた。しかし結局、吉也さんは二人で創った会社から去ることになる。最後に話し合った日、彼は直巳さんにこんなことを言ったのだ。

「義理で人を縛るのも縛られるのも、性に合わなくてね」

直巳さんは激怒して、以後吉也さんに自分から連絡を取ることはなかった。

それから一年と二、三ヶ月経ち、吉也さんの両親から直巳さんにこんな知らせが届いた。

――吉也さんは癌で闘病していたが、とうとう亡くなったとのこと。

病気が発覚したのは会社を辞めたすぐ後だったと聞いて、直巳さんは、もしかすると吉也さんは自分の病と死を予感していたのかもしれないと思い、涙が止まらなかった。

吉也さんの初盆の日、思い切り豪華な祭壇が飾られた。直巳さんが出資したのだ。仕事関係で吉也さんを知っている人たちや学生時代の共通の仲間に声を掛けたのも、直巳さんだった。たくさんの人が訪れ、非常に大がかりな盆義理になった。

しかし、直巳さんは、このときの盆義理をたいへん後悔しているという。

「人が集まりだしたときから、怒り狂ったような唸り声が耳もとで聞こえてきて……」

吉也さんの声だと気づき、同時に直巳さんは最後に何と言われたか思い出した。

もう手遅れだった。吉也さんの盆義理はなかなか終わらなかった。

第三話　白昼夢の水葬

東京都品川区の会社員、高橋知美さんは、八年前の七月半ば、午後二時頃に品川駅構内に入った途端、途轍もなく厭な臭いを嗅いだ。思わずたじろいで歩を緩めると同時に、マネキンのようなものがこちらに向かって流れてくることに気がついた。

それは、行き交う人々の足の隙間を縫って、膝《ひざ》ぐらいの高さで宙に浮かんでいた。

最初は五メートルぐらい離れていたが、たちまち足もとまで来たところを見たらマネキンではなく、うつ伏せになった腐乱死体だ――と、そのときスマホに着信があり、白昼夢から覚めた。

スマホを見ると、婚約者が海で行方不明になったという知らせが……。

「彼の亡骸《なきがら》は数週間後に発見されましたが、あのとき見た遺体は女性で、別人でした」

――江戸時代の一七一六年（享保一年）に疫病が流行して死者が八万以上に及び、棺不足に陥った挙句、現在の品川駅の辺りを含む品川の海などで大量の遺体を水葬した。

汐入の度に遺体が江戸市中に逆流してきて酸鼻《さんび》を極めたというのだが、さて……。

第四話　助けてくれぇ

青森県の工藤清さんは、夜釣りでメバルが入れ食いになる地元の穴場を知っていた。六月のある晩のこと、そこで釣り糸を垂らしていると、風に乗って遠くから人の声が流れてきた。

「……てくれぇ……た……てくれぇ……」

どうやら「助けてくれ」と繰り返している。年老いた男性のようだ。

声は次第に近づいてくる。それと同時に、辺りに魚が腐ったような悪臭が漂ってきた。

「助けてくれぇ。助けてくれぇ……」

近くまで来た。しかし声だけで姿が見えない。清さんは慌てて帰り支度をし、乗ってきた車を目指して駆けだした。すると声が、「助けてくれぇッ」と叫びながらついてきた。

「助けてくれぇッ」

追いつかれた！　もはや耳もとで怒鳴っている。しがみつかれていないのがむしろ不思議だったが、必死で自分の車に逃げ込んでドアを閉め、大急ぎでエンジンをかけた。

——電源が入っていないカーオーディオのスピーカーが、虫のようにジジッと鳴った。かと思うと、声を限りに叫びはじめた。

「助けてくれぇッ！　助けてくれぇッ！　助けてくれぇッ！　助けてくれぇッ……」

第五話　前兆

実話奇譚を蒐集していると、虫の知らせに類する体験談が多く集まる。肉親や友人などが死んだり、震災や事故が起きたりしたときに、「そう言えばあのとき……」と過去に起きた出来事を何かの前兆だと思い込む――そういう心の働きは災厄に対して無防備でか弱い人間というものに備わった自己防御機能のひとつかもしれない。前兆があったと考えることで、世界の冷酷さを直視しないで済むのだろう。

しかしときどき偶然にしても奇怪なエピソードを聞かせてもらうことがある。元小学校教師の佐藤昭子さんは、子ども時代に四歳下の弟が亡くなったときと、長じてから勤務したとある小学校で受け持ちの生徒が亡くなったときに、前兆を体験した。

弟が五歳で病死したとき、昭子さんは九歳。しかし弟の死に先立つ一年前、八歳の五月五日午前七時の出来事をよく憶えているという。

「そのとき家族で遊びに行った祖父母の家で、弟が庭の古井戸に落ちたんです。幸い無傷で助かりましたが、水がほとんど涸れていたので祖父母や両親が奇跡だと言っていました。けれども、一年後、弟は小児癌に罹り、井戸に落ちたのとぴったり同じ日時に息を引き取ったので、家族の間では、井戸のことは前兆だったのだとされています」

担任していた小学二年生の男の子の死についても、忘れようにも忘れられない。

「昭和六〇年のことです。その頃、小学生の間で《ビックリマンチョコ》が流行《はや》っていました。普通に美味しいピーナッツ入りのチョコレートでしたが、子どもたちの目当てはおまけのシールだったと思います。特に低学年の男子はほとんど全員集めていましたが、夏休み明けに、その子は何を思ったか私に夏休み中に集めたシールを見せてくれて、それが一二枚もあるのに全部同じ絵で、生徒曰く、いちばん偉い天使のシールだそうで。私は、学校にそういうものを持ってきてはいけないと注意しながら、少しゾッとしたんですよね。偶然同じ絵のシールばかり引き当てるなんて、と……。結局、その子は一三枚目の同じ天使のシールを手に入れた直後に交通事故で即死しました」

最近もこんなことがあった。九二歳で亡くなった母親が、死に至った気管支炎に罹《かか》る直前と、入院した日、そして臨終直前の都合三回、同じ時刻に目覚まし時計が誤作動したのだ。

「二世帯住宅を建てたときに母から貰った大きなアナログの目覚まし時計で、寝室で使わなくなって久しくて、何年も前から普段は下駄箱の上に置いていました。だからアラームをセットしていなかったのに、三回とも午前四時五〇分になると突然鳴ったのです！　小学校に勤めていた頃に私がセットしていた時刻で、母はよく、私が目覚ましをかけたかどうか気にしていたものです」

第六話　最初から生霊だったとしたら……。

四五歳の派遣社員、石田洋治さんは、二四歳の頃から約三年間、特定の女性につきまとわれた。その女性は職場の同僚で、洋治さんとの関係は良好だった。しかしお互いに恋愛を匂わせるようなことは一切なかったし、仕事以外での関わりはまったくない……と洋治さんは長らく信じていた。

二四歳のその頃、洋治さんのアパートでは真夜中にインターフォンが鳴らされる被害が多発していた。数ヶ月にわたり二階建てアパートの数軒ずつがランダムに鳴らされて、犯人は捕まらず、やがて防犯カメラが設置された。するとピタリと被害が止んだ。

しかし次に固定電話に無言電話がかかってくるようになった。当時一般的だったファックス兼用電話で、白紙のファックスが届くこともあり、洋治さんは非通知番号からの電話やファックスを拒否できるように電話機を設定し直した。

この頃から、一連のインターフォン事件も実は自分を狙ったものだったかもしれないと洋治さんは疑いはじめた――というのも、インターフォンは一晩に何軒かが鳴らされたが、毎回鳴らされたのは彼の部屋だけだったのだ。

洋治さんは疑心暗鬼《ぎしんあんき》になり、自分の周辺の人々を観察しはじめた。

すると、怪しい同僚女性が一人いた。彼女は必ず洋治さんが出社した直後に職場に到着し、彼より後に退社するのだ。洋治さんは尾行を疑い、両親と姉に打ち明けた上で、しばらく実家から通勤することにした。

一週間ほどした或る日、珍しく洋治さんより遅く、深夜二時過ぎにタクシーで帰宅した姉が、家の前で不審な女性を見かけた。姉から報告を受けて、外見的な特徴が件の同僚に似ていると思った洋治さんは、翌日の昼休みに彼女を呼び出して詰問した。

彼女は「やっていない」と否定したが、洋治さんは信じなかった。

すると、その女性は次の日から会社を休み、間もなく病気を理由に退職した。

ところが、それからもおよそ二年間、度々、後をつけられたり住まいの周囲を女性と思われる何者かが徘徊したりした。職場を変えても転居しても効果がなかったので、洋治さんは退職後の彼女について元上司に問い合わせた。

――彼女は、あれからすぐ精神科に三ヶ月間入院し、退院直後に首を吊って死んでいた。

洋治さんは「生霊と死霊は見分けがつかなかった。最初から生霊だったのだとしたら悪いことをした」と、頭ごなしに問い詰めたことを後悔した。そして彼女の冥福を祈りつづけるうちに、いつしか、つきまとう女の影は消えていたという。

第七話　首が後ろ前の鳩

私はどちらかというと鳩《はと》が苦手だ。首の無い鳩の死骸をベランダに放り込まれたことがあるせいだ。また、夫から、車に轢かれた鳩がよろよろと歩いてきたときのようすを詳しく聞いてしまって、これも一種のトラウマになっている。

「スタッフが機材車を停めるとき鳩を轢《ひ》いちゃって、頭が横にブラーンとなったそいつが頸の折れ目から血をピュルピュルと噴き出しながらヨチヨチ歩いてきてさぁ！」

頭がブラーンとか血がピュルピュルとかヨチヨチとか、言わないでほしかった……。

古い友人の某元セクシー女優と久しぶりに浅草で再会して、「鳩が苦手」という話になった。浅草寺の境内で鳩の群れを見かけたことから、彼女の方から言いだしたのだ。

「現役の頃、世田谷区の公園でパッケージ撮影中に近くに鳩の群れがいて、最初はなんとも思わなかったんだけど、しばらくしたら、中の一羽が、首が後ろ前についてることに気がついて、凄く不気味で怖かった！」

そばにいたカメラマンと監督に伝えたところ、カメラマンは「そんな鳩はいない」と言ったが、監督は「見つけた！」と叫ぶや否や持っていた携帯電話で件の鳩を写した。

「でも、その写真はちゃんと撮影できていなかった。問題の鳩がいた辺りに赤い光の玉が写っていて、監督は心霊写真だからって、その場で削除したけど、凄く怯えてた」

それから四、五年もして、彼女は再び同じ公園を訪れた。今度は付き合っていた男性が一緒で、デート中に近くを通りかかり、鳩の件を思い出して彼女が話したら、行ってみようと彼が言いだしたのだった。

「私は反対したんだけど、どうせ見間違いだったんだよ、そんな鳩がいるわけがないと彼が強引で。でも、行ったらまた首が後ろ前の鳩を見つけちゃって、二人で悲鳴をあげて公園から逃げ出したんだよ。それから彼に避けられるようになって、私も思い出すたび吐きそうな気分になるし……」

たかが鳩と思わないでもないが、それが原因で二人は別れてしまった。

恐ろしいのは、監督と彼がすでに此の世の人ではないことだ。

監督は五〇歳のときにクモ膜下出血で急死。

元彼氏は自宅二階のベランダから転落して首の骨を折って即死。享年四三。

友人は不安げに、「私だけ、まだ無事」と呟いた。

第八話　鴉の声

前項で述べた、鳩の死骸をベランダに投げ込まれた事件は、既刊の拙著『実話奇譚　呪情』に収録した。詳しくは是非お読みいただきたいが、一〇年以上前、商店街沿いに建つマンションに住んでいた頃の出来事だ。

その頃、一羽の鴉《からす》がよくベランダに来ていた。ある日、草花のコンテナに生の肉片が埋め込まれていることに私が気づいて取り除いたところ、翌日、ベランダに首の無い鳩の死骸が置かれ、そばで鴉がカアとひと声。鴉が飛び去った後、再びコンテナを調べてみたら、土の中に鳩の生首が埋まっていた――。

以上、本当にあったことである。

幽霊や妖怪は登場しないけれど、根岸鎮衛《ねぎしやすもり》だったら『耳嚢《みみぶくろ》』に入れてくれたと思うから、こういうエピソードも実話奇譚の範疇だとするのが私の考え方だ。

しかし先日、より怪談らしい鴉にまつわる体験談を傾聴した。

――今から一〇年くらい前の話。

都内の繁華街で飲食店を営んでいた林忠洋さん一家は、その頃、鴉に悩まされていた。一羽の鴉が、厨房の外にあるダストボックスを見張っていて、店で働いている忠洋さんの両親や従業員が蓋を開閉するわずかな隙に襲ってきてゴミを収奪するのだ。

鴉の襲来は、なかなか止まなかった。従業員は怖がるし、ひとたび追い払っても、しばらくするとまた飛んでくる。ゴミ出しの時間を鴉が活動しない夜間のみにしてみたところ、だいぶ被害が減ったが、それからもときどき、ダストボックスの近くで鴉を見かけた。

忠洋さんは当時小学三年生で、二歳下の妹と一緒に登下校していた。ゴールデンウィーク前のある日、妹と帰宅したらダストボックスのそばに鴉の死骸があった。

平らに潰れており、トラックか何かに轢かれたのだろうと思われた。間もなく、轢いたのは店に食材を届けにきた配送車だとわかった。忠洋さんの父から話を聞いた配達員自身が、「そう言えば何か轢いたような気がする」と言ったのだ。

それから二、三日後、その配達員はフロントガラスに飛び込んできた鴉のせいで自損事故を起こして辞めてしまった。

前後して、忠洋さんと妹も学校から帰る途中、暴走車にはねられた。

事故直後から一緒に救急車で病院に搬送される間中、妹はずっとカアカアと鴉のような叫び声をあげていた。

妹より先に退院した忠洋さんは、夜、鴉の鳴き声で目が覚めた。すると目の前に驚愕した面持ちの父がおり、その顔を見た途端、今の声は自分が発したのだと理解した。

第九話　夫婦のピリカ

電話インタビュー中に、ご家族に電話をかわってもらうことは珍しい。四〇〇回を優に超える中で二件のみ。そのうち一件はインタビューを始めて間もなく中一の女の子がお母さんのSNSアカウントを使って応募してきたことが判明したときで、もう一件は、応募者の女性のお話を聞いてみたらご夫婦で体験している出来事だとわかったうえに、電話の真横でその方の夫が聞き耳を立てているとおっしゃったので……。

「お電話代わりました！　夫です。はじめまして。これ、実は僕の体験談ですよね？」

「そうですね。ご自身が金縛りに遭われているんですものね？」

「ええ、頻繁に。でも毎回、妻に歌って解いてもらうんです。ピリカ・ピリカ、タント・シリ・ピリカ、イナン・クル・ピリカ、ヌンケ・クスネ……と。川奈さんに歌ってもらっても金縛りが解けるかもしれない。自分じゃ解けません」

これは《ピリカ・ピリカ》というアイヌ民謡の一番の歌詞だ。一九五八年に当時の人気歌手・雪村いづみが歌って一時流行ったそうだ。

「夫が金縛りにかかると、彼に近い側の肩と脚がひどく冷たくなるし、空気が重くなるから目が覚めてしまうんです。初めの頃は体を揺すって起こしていました。でもそうすると必ず彼は体調を崩すんですよ。翌日、仕事を休んで寝込んじゃうことともあって、子どももまだ小さいのに困ったなぁと思っていたとき、彼のお祖母さんがうちの子にこの歌をうたうのを聴いて、思いつきで彼が金縛りになったとき真似して歌ったら、とってもよく効いて翌朝も元気だったので、それからずっとこの方法でやってます」

「義理のお父さんのお母さんが歌っていたんですね？　アイヌ系なんでしょうか？」

「はい。でもアイヌ語はほとんど知らなくて、この歌も、大人になってからラジオで聴いたら懐かしい気がして、そのとき憶えたんですって。夫も知りませんでした。歌ってあげると、すぐ安らいでスヤスヤ眠っちゃうのに」

　アイヌ語の辞書を引くと、この歌詞の意味は《きれい、きれい。今日はいい天気。どの人がきれい？　選んであげるから》となるようだ。

「メロディは子守歌っぽいのに、仲人さんが言いそうな台詞で、面白いですね」

「だけど、ちょっと怖い気もします。どの人を選ぶって、どういうことかしら？」

「選ぶ……夫のために選ぶのかしら？　たくさん候補がいるの？　……あ、怖い！」

「ね？　彼が金縛りに遭っているときには、そばに何かが大勢集まっている……」

「わあ！」

　そのとき、彼女の夫も横で「わあ！」と叫ぶのが聞こえた。愛らしいご夫婦だ。

第一〇話　死後も点滅

スライダーもしくは電気特異体質という言葉を聞いたことがあるだろうか？　科学的な根拠は乏しいが、電化製品を故障させるほどの帯電または放電体質をそう呼ぶのだという。

某社の会長さんがスライダーだったとハイヤードライバーの田中一志さんは言う。

件の某会長は一志さんの二〇年来の顧客で、温厚な人柄の、良いお客様だった。

ただ一つだけ問題があり、彼が乗車している最中は、一志さんや会長自身が持っている時計やスマホに不具合が起きやすかった。また会長が乗ってきた瞬間、そして乗車中も時々、車内の照明が点滅した。

この現象を会長は「体質」の一言で済ませていたが、一志さんは、これは超能力に近いものに違いないと考えていた。それほど、会長の「体質」は頻度高く電化製品の異常を惹き起こしたのだ。

「私が自分で車を運転しない理由でもある」とも会長は語っていた。「自動車も電化製品だから、何かと不具合が起きて事故を起こしかねない」と。

一志さんが妻に会長の体質について話したところ、妻は自分の静電気体質と似たようなものだと思ったようで、肌の抵抗値を上げるためにハンドクリームや加湿器、静電気除去ブレスレットを使うように勧めたらいいと言った。

しかし会長はとっくにそれらのものは試し済みであり、ゆえに常識の範囲を超える特異体質なのだ……だからきっと社会的に成功したのであろう、と、一志さんは、この会長のこととなると思考を飛躍させがちになる。それだけ会長に対して畏敬の念を抱いていたし、また、不思議に感じてもいた。

五年前の冬、会長が亡くなった。以前から持病を抱えていた心臓が大きな発作を起こして、急死したのである。

その夜、一志さんが車庫に車を戻したとき、車内の照明が何度も点滅した。

会長が乗っていたときでも、点滅は一度に一回か二回だけだったというのに、一分以上にわたってチカチカとせわしなく点滅しつづけた。

後に、そのときが、ちょうど亡くなった時刻だったことがわかった。

それからもたまに点滅するときがあって、その度に「会長が来たな」と一志さんは思っていたが、次第に間遠になり、一周忌を最後にして途絶えた。

最近似たような「体質」の人を乗せるようになったので、この人もいずれ……と一志さんは予想している。

第二話　棺桶で生まれた和尚さん

私の愛読書『耳嚢』に「棺中出産の子の事」という話が載っている。

――江戸時代、享保《きょうほう》年間の中頃に、星野又四郎という下級役人の妻が懐胎し、今しも出産するというときに亡くなった。又四郎は仕方なく、妻の亡骸を納棺して菩提寺から僧侶を呼び、火葬にしてもらおうとした。

すると、そこに居合わせた兄が又四郎と僧侶に待ったをかけて曰く、「こういうときは火葬しない方がいいと聞いたことがある。兄弟で菩提寺に行って相談しよう」。

そして菩提寺に行くと住職に、「火葬のことが気がかりです。可哀そうだからそのまま葬ってください」と直談判した。

住職は「母子が共に亡くなっても、分娩はするだろう」と言って、下級役人の家に来た。そして棺の前で座禅を組んで瞑想すると、「今夜零時より前にこれは解決します」と宣言し、やがて夜の八時過ぎ頃に棺に向かって一喝した。

途端に、棺の中から赤ん坊の産声があがった。棺を開いてみると、男の子が生まれていた。住職は「この子が六歳まで生きていたら、必ず私の弟子にするように」と下級役人に命じた。

男の子は無事に育ち、六つになると住職の寺に預けられて出家した。この寺は牛込原町の清久寺《せいきゅうじ》という曹洞宗《そうとうしゅう》の寺院で、件の住職の号は大枝、男児は大方と名づけられた。大方は、後に武州瀬田ヶ谷勝光院《ぶしゅうせたがやしょうこういん》の住職に就き、七三歳で隠居するまで勤めた。又四郎は後妻を迎えてまた男子を生し、又四郎の名と職を継がせた――。

ちなみに武州瀬田ヶ谷勝光院とは、現在の東京都世田谷区桜にある同名の名刹で、吉良《きら》氏の菩提寺。牛込原町の清久寺は、国会図書館が所蔵する江戸幕府の『寺社書上《じしゃかきあげ》』などに文政《ぶんせい》の頃までの記録が残されているが、今はもう存在しない。

二月下旬、世田谷の勝光院を訪れてみた。

あの『耳嚢』に書かれた人が住職になったお寺が実際にあるとは信じがたい。でも、ここで間違いないのだ。

鬱蒼《うっそう》とした竹林に深く抱かれた端正な境内で、世田谷区指定文化財になっている梵鐘《ぼんしょう》の由来を読んだり、吉良氏歴代の墓を眺めたりした。

今回は見つけられなかったけれど、棺桶から生まれた三百年前の和尚さんのお墓も境内のどこかにあるはず……。

第二話　時空ドライブ

茨城県出身の建設作業員、木村清さんは四〇年近く土木工事に携わってきて、さまざまな地方の現場に従事してきた。現場から現場へ流れ流れて、気づけば何年も家に帰っていない、そんな時期もあったという。

「若い頃は体が丈夫だったから無理が利いたし、いつでも実家に帰れたから。まだ作業員の寮から寮へ移りながら働いていた三〇前後のことでした」

八〇年代の終わり頃のその当時、彼は東京都新宿区の現場で働き、都内の寮に住んでいた。寮と現場を繋ぐミニバスもあったが、自家用車で行き来するのが好きだった。ちょうどトヨタのスープラを買ったばかりで、通勤にドライブにと、毎日乗りまわしていたのである。

「その頃、東京ではやたらと雨が降っていました。確か九月で、晴れていたのは二日か三日で、あとは曇りか雨降りか。その日も朝のうちは雨。でも休みだったから横浜の方へ独りでドライブして……中華街の駐車場に車を停めたときには雨が止んでいました」

徒歩で山下公園や外人墓地など横浜の名所を見物し、中華街で昼兼夕食を食べ、午後四時を少し回った頃、菓子や肉まんを買い込んで駐車場に戻った。

「スープラに乗った途端、目の前が一瞬真っ暗になって脳味噌がブワッと膨らんだように感じました。頭の芯に向かって吸い込まれるような未知の体感があって意識が飛んだ、と思ったら、すぐパーッと視界が明るくなって、正気を取り戻したんですけど、そしたら景色がさっきと違う。外は夜で、恐々、運転席から外を見回したら、新宿の現場に入る前までいた山梨県の寮にいるみたい。どういうこと？　と、混乱しながら車を降りて確かめても、やっぱりそこは前にいた寮の駐車場で、腕時計を見たらもう八時近くて」

腰を抜かしそうになり、膝をガクガクさせながら、とりあえず車に乗ってエンジンを掛けた。そして東京の寮に帰りはじめたのだが——。

「僕は方向感覚には自信があって普段は道に迷わないし、前の寮から東京に遊びに行ったことも何度かあったのに、しばらくすると見覚えのないトンネルが見えてきたんです。不安になって路肩に車を寄せて地図を確かめたところ、やっぱり道を間違えていたけれども、このトンネルを抜ければ東京方面に行けるということがわかりました」

そこでトンネルに入ったところ、再びあの頭の芯に吸い込まれる感覚に見舞われた。

「気がつくと、僕は東京の寮の駐車場に到着していました。時刻は午後五時でした」

しかし、メーターを確かめると東京と横浜を往復しただけにしては走行距離が異常に増えていた。

清さんは、その後しばらくハンドルを握る気になれなかったそうだ。

第二三話　変わった虫を捕りに行く

長野県で飲食店に勤務している小林佳恵さんは、五年ほど前、当時まだ八歳だった息子さんが捕ってきた虫のことが忘れられないという。小学校の夏休みが後半に入った頃で、佳恵さんの実家訪問や家族旅行、小学校の水泳教室といったイベントが一通り済んでしまい、子どもにとっては退屈な日が続いていた。

「宿題をやらせていたんですが、それも日記以外は終わってしまって、放っておくとゲームばっかりしているので、虫でも捕ってきたらと言ってみたら、夕方、虫捕り網と虫籠を持って出ていって、二時間ぐらい帰ってきませんでした」

日が暮れてきて佳恵さんは次第に心配になり、門の外に出てみた。するとタイミングよく、道の向こうの方から虫捕り網を担いだ息子が歩いてくるのが見えた。

息子の方でも佳恵さんに気がついて、走り寄ってきた。

「お母さん、変わった虫が捕れたよ！」

息子によると、クワガタやカブトムシを捕まえたことがある場所を何ヶ所か巡ったが一匹も捕れずがっかりしていたところ、虫捕り網と虫籠を持った自転車に乗った中学生ぐらいの少年がやってきて、声を掛けられたのだという。

「これから変わった虫を捕りに行くんだけど、一緒に来る？」

佳恵さんは「そんなのにノコノコついていって、危ないですよね」と私に言った。

「息子によると、優しそうなお兄さんだったそうです。大きな懐中電灯を持っていて、自転車の後ろに乗せてもらった、と……」

やがて目的地に到着して自転車を降ろされてみると、すぐ目の前に鳥居があった。

鳥居をくぐって神社の参道のような小径を少年についていったところ、お稲荷さんのお堂が見えてきた。辺りは黄昏時《たそがれ》で仄暗《ほのぐら》かったが、そのとき少年が懐中電灯を点けた。

「青い光の懐中電灯だったそうです。お堂や周りの木立を照らすと、どんどん虫が集まってきたんですって。息子はそこで捕まえたと言って玄関で虫籠の中身を見せてくれましたが……カブトムシやクワガタがうじゃうじゃいる中に一匹、カブトムシ並みに大きな金色の甲虫がいました。綺麗でしたけど、でも、次の瞬間、それは他の虫と違って賢そうに私の方を見あげて、大声でニャーッと鳴いたんです！　息子が悲鳴をあげて虫籠を玄関の三和土《たたき》に落として、私は無我夢中でそれを足で玄関の外に出してしまいました。その間ずっと虫はニャーニャーと鳴きつづけていました。ドアを閉めてもまだ鳴き声が聞こえました」

——一時間ぐらいして虫籠を見に行くと、蓋が開いて空っぽになっていたという。

第一四話　あの臭い

前項の佳恵さん親子は、翌日、虫を捕まえた神社を探しに行ったが、鳥居もお堂も見つけられなかったそうだ。お稲荷さんだったというし、狐に化かされたのだろうか。

すると案内した少年は狐の化身ということになろうか。しかし息子さんによると自転車を漕いでいるときの彼の背中は汗でシャツが濡れており、普通の人間だとしか思えなかったという。


神社で虫捕りといえば、こんな体験談も聴いた。

およそ二〇年前、当時三八歳の田中稔さんは一〇歳の次男とその同級生の友だち三人を引き連れて近所の神社に虫捕りに行った。七月末、場所は滋賀県彦根市《しがけんひこねし》にある無人の小さなお社だ。子どもたちは各自の家で夕食を取り、夜の七時頃に稔さんがピックアップして、田中家所有のワンボックスカーに乗せて行った。

件の神社の参道には細いクヌギが何本か生えていて、昔からそこにクワガタがいることはみんなが知っていた。子どもたち四人は後部座席に乗ってワイワイガヤガヤと楽しそう。

参道で車を停めると、子どもらは一目散にクヌギのところへ走っていった。

周囲には自分たち以外には人影がなく、特に変わった気配も無かった。しかし住宅街から離れた鎮守《ちんじゅ》の杜《もり》は暗く、参道の入口に立つ街灯の明かりだけが頼りで、独りきりなら怖くてとてもいられない雰囲気だ。

子どもたちと小一時間ばかりクワガタを探し、八時頃にはコクワガタを四匹捕まえた。めいめいの虫籠に一匹ずつ入れてやり、車の後部座席に四人を座らせて、エンジンをかけようとしたそのとき――。

「すんまへん！　ツレにボコられて怪我をしてます！　助けてくだはい！」

突如、助手席の窓に若い男がすがりついて喚《わめ》いた。さっきまで参道には誰もいなかったのに……。まるで幽霊のような登場の仕方だが、男は小太りで顔から汗を滴《したた》らせ、泥で汚れたTシャツを着た姿は人間そのもの、いや、確かに人間だった。稔さんは男を車に乗せてやり、次男を含めた子どもたち全員を各家に送り届けた後、地元の警察署に連れていった。

「それだけの話なんやけど、ただ、そのときの男の体臭が、葱《ねぎ》とアンモニアと脂を混ぜたような珍しい臭いで、恐怖した人間が出す臭いやと直感しました。以来、ふとした瞬間にこの臭いに気づくようになったんよ。電車の中や雑踏で……」

人は強いストレスを感じると硫黄化合物を主成分とするストレス臭なるものを発するのだという。稔さんが敏感に嗅ぎ分けられるようになったのはそれだろうか。

「この二〇年で、あの臭いさせてる人がぎょうさん増えました。怖い時代やと思います」

第二五話　故郷の石

「祖母は亡くなるまで山の手の奥さま風にこだわっていました。本当は祖父と一緒に秋田から来たのにお高くとまって上品ぶっていて、私は内心、軽蔑していたものです」

佐藤美奈代さんの祖父母が山の手に土地を買ったのは第二次大戦前のこと。美奈代さんが家族と暮らしている千代田区内の家がある場所に、彼女の祖母・いすゞさんは結婚後間もない二四歳から八〇歳まで住んでいた。

「死んだ直後から庭石のそばにお祖母ちゃんの幽霊が出はじめました。両親と私の他にも、霊感がある親戚や知人など、うちを訪ねてきた人が見てしまったこともあります」

いすゞさんの亡霊は若い頃の姿で、裾《すそ》模様のある着物と黒い羽織《はおり》を纏って下駄を履き、庭石のそばに佇んでいるのだという。

「私と母には最初は祖母だとわかりませんでした。でも父はすぐに『母さんだ！』と言って、古いアルバムを探し出してきて私たちに見せたんです。確かに、お祖母《ばあ》ちゃんの若い頃でした。私はイヤミな年寄りになってからしか知らなかったから、あんなに可愛いときもあったのかと、怖がるより先に驚いちゃいましたよ」

亡くなってから一〇数年は頻繁に現れて、庭石のそばに下駄の足跡が残っていたり、朝、庭石に濡れた手形がついていたりと出現の証拠を残していったことさえあり、美奈代さんの両親は非常に熱心に祖母の供養に努めた。

下駄の足跡を見つけたときはちょうど一三回忌の直前で、重さや実体を持つほど此の世に未練があるのだろうと父が畏れて、菩提寺での年忌法要とは別に、わざわざ神主を家に呼んでお祓いもしてもらった。

「その後、次第に祖母の姿は薄れて、ここ二〇年ほどは誰も見ていません。ついに成仏したのだと思いますが、震災の年（二〇一一年）に外壁の塗装にヒビが入って家を建て替えることになって納戸を片づけたところ、祖母が昔使っていた文机から走り書きが見つかって、謎が解けました。どうしていつもあそこに立っていたのか……」

それには〈わたしが死んだらにわにいけてください。できたらいなかからもってきた石のそばに、おねがいします。〉と書かれていたのだという。

「その後、庭師さんを呼んだときに庭石を見てもらったら秋田県産の男鹿石《おがいし》だとわかりました。父が物心ついたときにはすでにこれが庭にあったそうです。故郷から運ばせた石なのかも。……東京で、寂しかったのかな、お祖母ちゃん」

第一六話　遠距離恋愛

市川萌恵さんは某国立大学出身の三三歳。彼女には遠距離恋愛の経験があるという。卒業後に同じ学部の先輩と再会して交際しはじめたが、付き合いだして約一年後、彼が勤務先から辞令を受けて上海の事業所に出向することになったのが始まりだった。

「彼は中国へ行き、私は都内の団体に就職していましたから、滅多に会えなくなりました。でもゴールデンウィークやお盆休みには、私が上海まで会いに行ったり、彼が帰国したりして、そういうときは楽しくて……半年ぐらいの間かな……会ったときには二人でとても盛りあがって、これが遠距離恋愛の醍醐味《だいごみ》かなと思いましたよ。今すぐ結婚したいと会うたび彼が言うし、私も別れ際になると毎回号泣したり人目もはばからず彼に抱きついたりして、二人とも前よりずっと情熱的になりました」

しかし出向から一〇ヶ月ほど後、急に彼と連絡が取れなくなった。電話、メール、SNS、どれにも三日間も返信がなく、不安に駆られた萌恵さんは彼の実家に電話を掛けた。

すると母親が出て、彼は鬱を患い帰国して入院していると萌恵さんに告げた。

「具合が良くなったら連絡するから今はそっとしておいてあげてと言われました。でもそれから二週間後の夜、勤め先から帰ってきたら彼が家の前で私を待っていたんですよ！

驚きました。私は実家住まいですが、彼はうちで両親に会ったこともあるし、それにもう一〇時で遅かったので、家に上がってもらいました」

鬱《うつ》病だと聞いていたが、意外にも彼はたいへん元気なようすで、萌恵さんの両親とも快活に会話した。そして再び上海に行くことになったから、詳しいことがわかり次第連絡すると萌恵さんに約束して、小一時間後に帰っていった。

「でもその翌々日、彼から電話が掛かってきて、もう上海に着いたと言うじゃありませんか。急なことで連絡できなかったと謝られたけど、ちょっと信じられませんでした」

電話は非通知で、異様に静まり返る中に彼の声だけが響いていて、何か不自然に感じた。

本当に上海にいるのか疑わしかったが、それからまた連絡がつかなくなった。

「一週間後、彼のお父さんから連絡があって、彼と彼の母親が相次いで首吊り自殺していたことを知りました。彼が先に首を吊って、その遺体を発見した母親が後追い自殺したということでしたが……」

死亡が推定される日時を聞いて、萌恵さんは倒れそうになった。

絶命した直後に彼が家に訪ねてきたことになるとわかったのだ。

「未だに信じられない気持ちです。ただ、私も両親も、あの晩、彼がうちに来たとき、どんな話をしていたか全然憶えていないんですよ。すでに幽霊だったせいでしょうか」

第一七話　湯布院の窓

大分県由布市湯布院町《ゆふしゆふいんちょう》の名物は《由布院温泉》。観光客に人気の温泉宿の他、地元民から愛されている日帰り温泉が幾つもある。

三〇代の会社員、後藤文夫さんは休日に独りで湯布院町の日帰り温泉に行った。大分県臼杵市《うすきし》の自宅から湯布院町まで、車で一時間少々の道のりだ。明るいうちから全身がふやけるほど温泉に浸かっていたが、日が暮れてきたので帰ることにした。

車に乗って来た道を戻りはじめて間もなく、ふと、細い脇道が目に留まった。如何《いか》にも奥に温泉施設がありそうな雰囲気だ。隠れ宿や秘湯という言葉が頭に浮かび、興味をそそられて、文夫さんは車でそっちへ行ってみた。

道は上り坂で、途中からけっこうな急勾配になった。やがて県道側の雑木林が途切れると、ガードレール越しに鉄筋コンクリートの建物が見えた。

道はまだ続いていたが、文夫さんは車を停めて、その建物を観察した。無機質な四角いビルで、運転席に座った彼の顔とちょうど同じくらいの高さに横一列に窓が並んでいる。おそらく、そこがこのビルの二階で、全体は四階建てのようだった。

窓は一つを除いてすべて暗く閉ざされていた。文夫さんからいちばん近い窓だけがカーテンが全開で、室内のようすを晒《さら》しているのだった。

その部屋が、明るすぎた。

一目で和室だとわかる造り。床柱や違い棚を備えた床の間があるのだが、壁や柱など室内のすべてが、内側から光を発しているかのようだ。

それに、ここから二〇メートル以上離れていると思うのに、細部までクリアに見えるのも不思議である。一見、旅館のようだが、他の部屋が無人のようなのも何か変だ。

急に辺りが暗くなったように感じて、文夫さんはダッシュボードの時計を確かめた。

まだ一八時。でも、もう帰ろう……。

エンジンを掛けながら、ふとさっきの窓を再び見たら、窓辺に顔も服も見分けられない真っ黒な人のようなものが立っていた。

そして、黒い怪人が滑るように床の間へ引っ込むと同時に、室内が暗くなった。

文夫さんは大急ぎでUターンして、家までまっしぐらに逃げ帰った。

第一八話　視えていたのか

前項の後藤文夫さんが二〇代の頃のこと。当時交際していた女性が鬱病を悪化させて無職になってしまったので、物心両面を支えるために同棲しはじめた。

彼女は引っ越すことも難しいほど心身ともに弱っていたから、文夫さんが彼女のアパートに移った。障がい者年金で暮らせると彼女は言うが、炊事や掃除、買い物は文夫さんが担当し、彼女はときどき精神科を受診して薬を貰ってくるだけで何をするわけでもない。

しかし文夫さんに不満は無かった。彼女を愛していたのだ。

当時、文夫さんは電機メーカーの工場に勤務していた。同棲しだした部屋は二階建てアパートの二階で、ドアの近くに階段がある。夜、帰ってきたとき、階段と二階の廊下に常夜灯が明々と点いているのを見るのが好きだった。彼女が待っているから、帰宅後すぐに夕食の支度を始める。彼女に家事をしてもらうことは期待していない。そばにいてくれるだけでも嬉しかったのだ。

同棲しだして三週間後の夜、文夫さんがいつものように台所で料理をしていると、シンクの上にある窓が急に暗くなった。見れば誰かがベッタリと窓に貼りついて覗き込んでいる。凸凹《でこぼこ》ガラスが嵌《はま》っているから顔の細部はわからない。だが、肌の色が不自然に黒かったので、文夫さんは咄嗟に覆面を付けた不審者を想像した。

「誰や！」

大声を出すと黒い人影は素早く逃げていった。

姿を見てやろうと思って廊下に飛び出した。ところがすでに逃げ失せた後だった。

階段を下りる足音がしなかったのは奇妙だが、では、この階の住人だったのか……と、考えながら部屋に戻り、夕食の支度を再開した。

その後も、毎晩のように人影を見かけた。

いつも彼女がそばにいるときに、窓から覗き込むのだ。そのうち文夫さんは、彼女はこれについて何か知っているのではないかと思うようになった。彼女は、人影を見た文夫さんが大声を出したり追いかけようとしたりしても、いつも無反応なのだ。怖がらせては鬱に障るかもしれない、と数日迷ったが、とうとうある晩、我慢できなくなって訊ねてみた。

「いつも台所ん窓から覗くヤツがおるよね？　見たことある？」

彼女はすぐには答えず、寝室の方へ立ち去りながら、肩越しにボソッと呟いた。

「気にせな、そのうちに視えのうなるちゃ」

ややあって、文夫さんは理解した。覗き込んでくる何者かは生きた人間ではない。

彼女には霊感があり、とっくにあれが視えていたのだ。

第一九話　訪問者たち

後藤文夫さんの話にはまだ続きがある。前の頁までで、同棲している彼女に霊感があり、此の世ならざる者たちを彼自身も視ていたようだとわかった次第だが、それからも彼はそのアパートでいくつかの怪奇現象に悩まされた。

ある朝のこと。目が覚めるとすでに彼女は出掛けた後だった。鬱病で通院している無職の彼女が午前中の早い時間に行くところといえば病院で、たぶん薬を貰いにいったのだろうと見当がついた。文夫さんはさほど心配もせず、新聞を持ち込んでトイレに入った。

朝刊を読みながら長々とトイレを占拠するのが彼の癖で、そのときも一面からじっくりと記事を読んだ。二面か三面を読んでいたときだというから、トイレに入ってから一〇分ほど経った頃だろうか――コンコン、と、ドアがノックされた。

「おかえり！」と文夫さんはノックに応えた。彼女が帰宅してトイレに入りたがっていると思ったので、咄嗟に「ごめん、ごめん、すぐ出るから」と言い足した。

……が、返事がない。

そのとき、玄関を開ける音が少しもしなかったな、と、遅まきながら気がついた。

このアパートの間取りは1ＤＫ。トイレは玄関の上がり框の真横にある。玄関扉の開閉音はもちろん、靴を脱ぐ音だって、トイレの中まで丸聞こえになる。

文夫さんは鳥肌を立てながらおっかなびっくりトイレから出た。やはりトイレの前を含め、室内には彼以外、誰もいない——こんな出来事が何度もあった。

「そこは個人オーナーが建てたアパートで、部屋の窓からオーナーさんの家の畑とお墓が見えました。お墓の後ろは雑木林で、林の向こうに、昔そこでキリシタンが大勢処刑されたとかいう《キリシタン殉教記念公園》がありました」

かつて豊後《ぶんご》と呼ばれた彼の地はキリシタン大名として知られる戦国武将・大友宗麟の保護のもとキリスト教が繁栄し、それだけに禁教の時代を迎えたときの悲劇も苛烈だった。

この隠れキリシタン弾圧事件は《豊後崩れ》や《豊後露顕《ろけん》》《万治《まんじ》露顕》の名で知られており、《キリシタン殉教記念公園》の付近では、下は一四歳、上は八四歳まで計約二〇〇人の隠れキリシタンが惨たらしく処刑されたということだ。

文夫さんは「部屋に来ていたのはオーナーさんのご先祖の霊か、それとも隠れキリシタンの怨霊か、はたまた別の幽霊なのか……どう思います？」と私に訊ねた。

残念ながら、そんなことは知る由もない。

第二〇話　彼の世に咲く赤い花

明治から昭和期の画家・鏑木清方の妻は夫と共に怪談会に参加した折、幼年時代に故郷の磐城《いわき》（現・福島県いわき市周辺）で見聞きした不思議な話を披露した。彼女が生まれ育った村に、何処とも知れない山に行っては花を抱えて戻る男の子がいて、どこで摘んでくるのか訝しんで後をつけても途中で姿を見失ってしまうが、黄昏時になると魔法のように村へ帰ってきて、そのときにはまた抱えきれないほどの花を手にしているのだという。

この奇譚を彷彿とさせる出来事を聴いたことがある。

一九六五年生まれの斎藤美穂子さんは、小学校二年生の夏休みをまるごと山形県の母方の生家で過ごした。ちょうど母の出産予定日が七月末にあり、いわゆる里帰り出産を望んだ母が美穂子さんを連れて帰郷したのだった。

そこには母方の祖父母、母の姉にあたる伯母とその夫と従姉たちが住んでいた。従姉は高三と中三、中二の三姉妹。やがて母が女の子を出産すると、祖母は「女腹の家だから仕方がない」と言った。

従姉たちは受験勉強や学校の部活で忙しく、母は車で片道三〇分ばかり離れた町の産婦人科に入院したから、美穂子さんは日中、とても退屈だった。祖母は伯母が運転する車で母がいる産婦人科に日参し、祖父と伯父は夜まで仕事から帰らない。

従姉たちが昔読んだ児童書を借りて暇つぶししていたが、それにも飽きて、美穂子さんは家の周りを探検しはじめた。

庭は広いが乱雑で、美しい庭園とは程遠い。手入れの悪い家庭菜園があったかと思うと、伸び放題の灌木に蔦が絡まってジャングルと化したエリアがあった。蚊に喰われながら繁みの間を通り抜けたら、急に目の前が開けて川のほとりに出た。川と言っても美穂子さんの肩幅ほどの小流れで、向こう岸に真っ赤な花が咲き群れている。

綺麗な花だったから、川をピョンと飛び越えて、たくさん摘んで帰った。

帰宅した祖母たちにどこで花を摘んだのか訊ねられたが、彼女の答えを聞くと、祖母も伯母もそんな所はこの家のそばには無いと言った。

信じてもらうために、伯母を小川に案内しようとした。しかしどうしても辿りつけない。

翌日、朝食の後で、美穂子さんは再び独りで小川を探した。すぐに見つかり、花を摘んでいると、遠くから祖母に名前を呼ばれた。

急いで駆けもどったが家は留守で、しばらくして伯母と車で帰ってきた祖母に花を見せて、「おばあちゃんに名前を呼ばれた」と話したら、これはきっと彼の世の花だから、もう摘みに行ってはいけないと諭された。

第二話　興味津々オバケ

セールスドライバーとして食品や日用品を配達している村田治也さんの話。

毎週火曜日午後二時頃に配達に行っていた一一階建てのマンションがあった。そこの三階、七階、八階、一一階の各一戸と契約していたので、治也さんは四戸ぶんの品物を全部台車に積んで、まずエレベーターで一一階に上がり、一一階、八階、七階、三階の順に品物を配達することにしていた。

このマンションに配達に来るようになって間もない頃のこと。

八階のエレベーターの前で視線を感じて振り向くと、階段の踊り場の陰に小さな丸い頭がヒュッと引っ込んだ。三歳ぐらいの子どものようだ。ここの住人のお子さんだろう、と治也さんは見当をつけ、そのときは気にもしなかった。

しかし七階に行くと、また視線を感じた。振り向くと踊り場にヒュッと頭が引っ込む。三階でも同じことがあった。そしてその翌週も、よく翌週も……。

毎回、八、七、三階で小さな人影に観察される。たぶん好奇心旺盛な子どもがいるに違いない。

微笑ましく思っていたが、半年もすると、治也さんは、そこの八、七、三階にいるとき、一メートルも離れていない背後に気配を感じるようになった。

振り返ると、踊り場の陰に何かが飛び込んで隠れる。

しかし、そのようすが俊敏すぎて、もはや人間の幼児のようではなかった。

それればかりではなく、足音も聞こえない。

おまけに、そんな馬鹿な、と自分でも思ったが、そいつには顔が無いような気がした。

顔のあたりがモヤモヤして目鼻立ちがわからないのだ。治也さんは少し怖くなってきた。

さらに何ヶ月か経つうちに、それはますます大胆に接近してきて、治也さんがエレベーター前で台車に積んだ品物やコンテナを整理している間ずっと、彼の真後ろにへばりついて、脇から覗き込むようになった。

興味津々といった気配が伝わってくる。悪意は感じないが、恐ろしい。

ずっと無視していたけれど、あるとき三階からエレベーターで下に降りる直前に、たまらなくなって振り向いた。すると、床上五〇センチあたりに、毛も乳首も性器も顔も無い、小さな裸の人型がこちら向きにプカプカ浮かんでいたのだった。

翌週から、治也さんは他のドライバーとそのマンションの配達を代わってもらった。

それから間もなくこのマンションは取り壊されることになり、現在そこは、とある遺跡の発掘現場になっているという。

第二三話　二〇番の水疱

表皮の下に体液が溜まる水疱《みずぶくれ》の原因は主に火傷《やけど》だ。しかし擦過傷にも出来ることがあるし、皮膚病などによって生じることもある。

大島晴美さんは百貨店の受付嬢をしていた二六歳の頃、原因不明の水疱が出来たことがあった。冬のある朝、目が覚めたら左胸に直径五ミリくらいの水疱があったのだが、何も思い当たることがなかったのだという。

「乳房の上の方で、シャツをはだけるぐらいでは露出しない位置でした。煙草の火が落ちたらあるいは……と思わなくはない場所でしたが、私は煙草を吸いません。恋人もいない独り暮らしでデパートと家を往復するだけの生活で……。凄く不思議でした」

その日は仕事の帰りがけに火傷に効く軟膏を買った。それを塗って寝たが、翌朝、水疱は快方に向かうどころか、大きくなり、形が変わっていた。

一本の短い横棒のような格好になっていたのだ。マイナスか漢数字の「一」のようだ。

晴美さんは次の休日に皮膚科で診てもらおうと決意した。それまで三日あった。が、たかが水疱ぐらいで仕事を休む必要はないと思ったのだ。

けれども、翌朝起きたら下に横棒が増えていた。

しかも、その明くる日には二本の横棒の下に円形の水疱が出来て、「一一〇」と書いたようになった――それを見て晴美さんはハッとした。

彼女は、最初の水疱が出来る四、五日前に一一〇番通報していた。

帰宅途中に近所の狭い路地で揉み合う男女を目撃し、咄嗟に大声で「そこで何をしてるんですか！」と叫んだところ、男が逃げ去った。怯え切っている女性に代わって警察に通報し、警察署まで付き添って事情を説明したのだった。

「ただ、本当はその男が私と同じアパートの一階に住んでいる男に似ているような気がしたんですが、それは警察では言いませんでした。路地は薄暗かったし、そもそも一階の男は二回か三回、横顔や後ろ姿を見かけたことがあるだけだったから確信が持てなくて……」

水疱を見ながらこのことを思い出していたら、にわかに胸騒ぎがした。その途端、玄関ドアのノブがガタガタ鳴りだした。晴美さんは迷わず一一〇番通報した。

「私に顔を見られたと思って復讐に来た！　そう閃いたんです。けど、ハズレでした。私が部屋を出入りするところを見たことがあって、女だから襲おうと思っただけみたい。ええ、一階の男でした。でも路地を逃げていった奴と同一人物かどうかはわかりません。水疱の形も、ただの偶然かも。結局その件で両親が来たり、急に引っ越すことになったりとバタバタして皮膚科には行きそびれ、水疱はみんな自然治癒しちゃいました」

第二三話　線香人間

飯塚一彦さんの同級生・Aくんは髪や制服が線香臭いと先生に軽く指摘されたことが発端で中一の五月頃からいじめられて、二年生に進級する前に転校してしまった。

Aくんへのいじめは学校では「イジリ」と解釈されており、誰も問題視していなかった。彼が転校すると反省を口にする者が現れたが、ごく少数だった。一彦さんも初めは気にしていなかった。しかしその後、Bさん、Cくん、Dさん……とクラスメートが次々に線香臭くなっていったので、じわじわと恐ろしくなってきたという。

「Aくんの祟りや思たさかい。俺だけやのうてクラス全員、変や思うとったんちゃいますか。転校やのうてほんまは自殺しとったらどないしよってイジリ倒してた奴らは青なって……真相はわかりまへん。けど、お線香の匂いが伝染するなんて異常でっせ。俺もイジリを笑って見とったクチやから、線香人間になったらどないしようと焦りましたわ」

線香臭い生徒は増える一方で、中学を卒業する頃には熱心にイジっていた生徒を中心に二〇人以上も〝線香人間〟になってしまった。

「ところが、公立高校に入ってバイトをするようになったら、バイトの先輩に線香人間がおったんです。Aくんイジリをせんでも線香人間になるんやと吃驚《びっくり》して、他の先輩に『あの人お線香の匂いがしまへんか』てこっそり訊いたら、『あいつのうちはカルトにハマってるんやで』って教えてもろうて……ああ、そないなことやったのか、と」

つまり、線香を焚く儀式を伴う新興宗教が狭い地域の中で流行していたのである。Aくんの家族は初期の信者だったのだろう。

「やっぱ祟りなんかあらへんのや。そう思てホッとしました。カルト宗教も怖い気がしとったけど、バイトの先輩も、考えてみたらAくんも、BもCもDも、線香人間はみんな人一倍ええヤツやった。カルトも悪いもんやないのとちゃうのん、と考え直しました」

その後、三〇歳のときに一彦さんは某新興宗教に入信した。好きだった女性に勧誘されて信者になったのだ。入信から間もなく、一彦さんは彼女と結婚した。

しかし昨年、二人は離婚してしまったそうだ。

「一昨年《おととし》参加した中学の同窓会で、Aくんイジリの発端になった教師が変死したて聞いて、カルトに殺られたんちゃうかってカミさんに冗談で言うたら、えらい剣幕で叱られたんや。途端に、そういえばうちも朝晩線香を焚いてる、マジでセンセは殺されたのかも、しかも殺ったのはうちの宗教かもしれへんて気がついて……結局、信仰を捨てました。今、うちはシングルファーザーでっせ。息子と一緒に、脱・線香人間や。離婚後、元カミさんに会うたら線香臭くて驚いたけど、怖いから言わんとこ思いました」

第二四話　さよならミカン

田中未優さんはミカンという猫と一緒に育った。物心ついたときから家にいて、七年前、未優さんが就職して社宅で独り暮らしをしはじめた直後に死んだ。

未優さんは嘆き悲しみ、ミカンの遺骨を分けてもらった。拳大の骨壺に納めて、ミカンの遺影と共に本棚に祀り、一日も欠かさず水を供えて、頻繁に語りかけた。

ミカンがいない生活はあじけなく、寂しく、耐えがたかった。いつしか「戻ってきて」と毎晩寝る前にミカンの遺影に訴えかけるようになった。もちろん焼骨まで済ませた老猫が生き返るわけがないのは承知の上で、ただ、涙ながらに虚しく訴えていると孤独で可哀そうな自分に酔えて、気持ちよかったのだ。

「まさか本当に戻ってくるなんて……。ちょうど一周忌で、ミカンを供養してもらったお寺とペット霊園のお墓を両親と訪ねて、夜、社宅に帰ってきたときでした。いつものように遺影に語りかけたら、ニャーとミカンの声が上の方から聞こえました」

反射的に声の方を振り仰ぐと、天井と本棚の隙間からミカンが顔を覗かせて、未優さんを見つめていた。ミカンはオレンジ色っぽい赤ドラで、仔猫のときは蜜柑に似ていたのかもしれないが、非常に大柄かつ丸々と肥った猫だった。

「デカくて不細工な顔を見て、間違いなくミカンだと確信しました。怖かったかって？　いいえ全然。咄嗟に思ったのは、社宅はペット禁止だからどうしようって、そんなことでした。でも、その後、私の腕の中に飛び降りてきたら空気みたいに軽くてアッと思った途端、スーッと姿が薄くなって、一秒ぐらいで消えてしまいました」

未優さんは泣きながら寝て、ミカンの夢を見た。

「明け方、うとうとしながらミカンを撫でていました。目が覚めたとき、掌に猫の毛の感触が残っていたぐらいリアルな夢で、絶対今夜もミカンは出てくると確信しました」

実際、ミカンの幽霊は現れた。

毎晩出てくるようになり、生きていたときと同じように勝手気ままなようすだが、未優さんが触ると消えてしまうし、餌を食べない。排泄もしない。

最初は喜びが大きかった。しかし未優さんはすぐにミカンの幽霊に慣れた。そして、会社の同僚と親しくなり、友だち付き合いが増え、恋人が欲しくなるに従って、煩わしく感じはじめた。そこで、三回忌でミカンの眠るペット霊園に行った際に、分けてもらったお骨をお墓に戻すことに決めた。

「その前日、仲の良い同僚が部屋に遊びに来て、猫の鳴き声がすると言ったんですけど、私には聞こえませんでした。ミカンの姿も見えず、それっきり、さよならです」

第二五話　首は飛ぶもの

中国の古典『捜神記《そうしんき》』には夜な夜な首が胴を離れて飛び回る女が登場する。首は必ず夜明け前に帰ってきてしかるべき場所にきちんとくっついていたという話だ。

飛ぶ首が身体に帰還したがるのはお決まりなようで、平将門《たいらのまさかど》も然り。平安京で獄門に晒された首が、「頭ついで今一軍せん！」と叫んで東へ飛んでいった話はあまりにも有名である。

トラック運転手の河野英樹さんは、大分県で飛ぶ首を目撃したことがあるのだという。

黄昏時に、トラックを運転して大野川《おおのがわ》に架かった橋を渡ろうとしていたところ、黒っぽい物体が猛スピードでフロントガラスの真ん前を横切った。反射的に急ブレーキを掛けてしまったが事故を起こすこともなく、飛んできた物にもぶつからなかった。

何が飛んできたのか、そのときはわからなかった。しかし翌日、同じぐらいの時刻に同じ場所に差し掛かったときに、宙をふわふわと漂う生首に遭遇した。

「頭の天辺が禿げて後ろに髪がなびいちょった。ありゃ落ち武者ん生首やった！」

大野川は古くは戸次川《へつぎがわ》と称され、その河川敷には《戸次川古戦場跡》の慰霊碑がある。

だから、昨日見たのも落ち武者の生首だろうと思ったとのこと。飛ぶ速度が違ったけれど。

第二六話　魚紋の皿

沖縄の那覇市《なはし》に通称《やちむん通り》という陶器店や陶芸作品のギャラリーが集まっている一角があって、七、八年前にそこで壺屋焼《つぼややき》の絵皿を三枚買った。淡い灰色の地に呉須《ごす》（藍色）と飴（茶色）の釉薬《ゆうやく》と線彫りで魚紋が描かれた中型の皿だ。

少し深みがあって、たいへん使い勝手が良いのだが、時折、これが音を立てる。

地震や工事など皿が振動する原因が何も無いと思われるのに、黄昏時や真夜中に、突然、カタカタカタ……と鳴りだして、いったん始まると何分も鳴りやまない。食器棚を調べて音の源を探したら、他の食器は何ともなく、三枚重ねた魚紋の皿だけが小刻みに震えていたというわけだ。

手で触れると鳴りやむ。しかし、何ヶ月かして忘れた頃に、またカタカタと鳴りだす。

「魚に憑いた水神が水気を欲しているのだから皿を濡らせばいい」と助言してくれた人がいる。食事で使うたびに洗っているが、そういうことではないのだろうか。

第二七話　自殺した先輩

蔵田義也さんが中学二年生だった八〇年代半ばのこと。その頃、全国で中学生のいじめ事件が相次ぎ、社会問題となっていた。義也さんが通っていた東京都の区立中学でもいじめが起きた。しかし義也さん自身は噂を耳にする程度で、直接目の当たりにしたことがなかったので、テレビや新聞を賑わせている《いじめられ授業中に首吊り自殺》《いじめ原因で脅され焼身自殺》《障がい児いじめで中二生徒二六人補導》といった事件は、どこか遠い世界の出来事のような気がしていた。

五月の連休最終日。彼は夢の中で飛び降り自殺を目撃した。七、八階以上ありそうな高いビルの屋上に黒い人影が立ち、悲しそうにひとしきり泣きじゃくった挙げ句、宙に体を投げて、ストーンと石のように落ちた——その一部始終を彼は遠くから眺めていた。

如何にも夢らしいことだが、遠く離れていたにもかかわらず耳もとでその子の泣き声が聞こえた、また、シルエットしか見えないのに、なぜか同じ中学の三年生の女子生徒だとわかったので、目が覚めると不思議で面白く感じられ、翌日登校するとさっそく級友たちに夢で見たことを喋った。

義也さんの友人たちもまた面白半分に、演劇部で、とある中三の女子部員が相当やられているらしいと話して、「それじゃん？」と彼に言った。

そのとき義也さんはあまりピンと来なかった――が、明くる日、件の女子生徒が本当に自殺したのだった。しかも、住んでいた集合住宅の屋上から飛び降りて。

「怖《こ》え《え》！　おまえは正夢を見たんだよ！　すげえな！」

悪友らは沸きたったが、義也さんは自死した先輩は遠くから見かけたことがある程度で、口をきいたこともない。なぜ自分が、と、当惑するばかりだった。

それから間もなく、学校中が自殺した中三女子の幽霊の噂で持ち切りになった。曰く、自分の席に座って花瓶の花を眺めていたとか。廊下を歩いていたとか。

やがて幽霊は義也さんがいる教室にも訪れた。この組に一人だけいる演劇部の女子が、二時限目の授業中に突然、教室の出入り口を指差して「先輩がいる！」と叫んだ。

教師を含め、居合わせた全員が驚愕しつつ指差された方に注目した。義也さんも恐れながら見つめたが、誰もいなかった。けれども演劇部の子は涙を振りこぼしながら続けてこう叫んだ。「こっちに来る！　歩いてくる！　今、通路を右に曲がった！」と。

この実況中継の間、誰もが凍りついて沈黙していた。

「やがて彼女は、先輩が僕の机の横で立ち止まった、と……。幸いすぐに幽霊は再び歩きだして教室から出ていったようですが、僕に何か伝えたいことがあったのかなぁ？」

第二八話　名古屋のホテル

野村功一さんは二八歳の夏、三人の同僚と共に名古屋へ出張して、市内の老舗《しにせ》ホテルに泊まった。たまたま修学旅行の一団と宿泊が重なり、新館は学生たちが泊まっているため満室だとのことで、三人とも旧館に部屋を取った。日中は仕事をして、夕方から車で向かったからチェックインは夜になった。

到着前から功一さんは、今夜はホテルの大浴場に入って日頃の疲れを癒したいと考えていた。ところが二人の同僚たちは歓楽街に繰り出したがった。散々誘われたが、断って二人を送り出し、彼は一人になった。そして思い通りにのんびり過ごして、早めに寝た。

——天井から大きな音が降ってきて叩き起こされたのは、深夜零時頃だった。

ドタバタドタバタ、無数とも思える大勢の人々が駆けまわるような音が上からひっきりなしに聞こえて、目が覚めてしまった。

考えるまでもない。修学旅行の学生たちの仕業だと思った。新館だけではなく、旧館にも泊まっていたのだろう。少しぐらいなら我慢してやろうと思ったが、それから一時間待ってもまだ止まない。

とうとう我慢の緒が切れた功一さんは廊下に出て、階段を駆け上がった。ひと言注意するつもりだった。しかし階段の踊り場から上が暗かった。照明が点いておらず、フロアの出入り口も閉ざされている。

ようすが変だと訝《いぶか》しみながら閉まっていた扉を開くと、いきなり外気に包まれた。

そこはホテルの屋上だった。……誰もいない。眼下に、点々と明かりを灯した名古屋の夜景が、パノラマのように広がっていた。

階段を駆けおりて自分の部屋に飛び込んだ。

すると再び騒々しい足音が天井から降ってきた。

「廊下に逃げ出したところへ同僚たちが帰ってきて、事情を説明しながら二人を連れてまた屋上に行きました。でも、やっぱり誰もいませんでした。その後は、もう足音はしませんでしたが……。名古屋市は第二次大戦のとき、空襲で大勢亡くなったそうですね？　そう言えば、あれは逃げ惑《まど》う群衆の足音のようでした」

第二九話　日帰り入湯㈠

前項の野村功一さんは同僚と連れだって出張する機会が多い仕事に就いている。昨年、雪の新潟へ行ったときも三人連れだった。金曜から週末を挟んで月曜まで滞在することになり、功一さん以外の二人は新潟に土地勘があったので、土曜日に温泉に行こうということになった。

功一さんは二人が知っている温泉で構わなかったのだが、二人は行ったことがないところがいいと言って、泊まっていた宿の女将さんに穴場の温泉を教えてもらった。車で行けば一時間足らずの山麓の村に老舗旅館があり、そこで日帰り入湯ができるとのこと。三人は旅館で昼食を食べるつもりで午前中のうちに車で出発した。

しかし途中でナビの調子がおかしくなって、道に迷った。そのうち正午を過ぎてしまい、車を停めて宿に戻ろうかと話し合いはじめたら、たまたま地元の人らしい婆さんが通りかかった。すぐに呼びとめて、件の旅館への行き方を教えてもらった。

はたして、三分とかからず到着した。江戸時代から存在するのではないかと思われるような豪壮な建物があり、広い駐車場を備えていた。週末だというのに駐車場に車や観光バスが一台も無いのは気になったが、如何にも高級そうな構えの宿ではあるし、期待を膨らませつつ正面玄関の前に立った——誰も出迎えに来ない。

奇妙な感じがしたが、自分たちで引き戸をガラガラと開けてみると、玄関が薄暗くて空気が外気と大差ないほど冷たい。「こんにちは」と挨拶しても最初は応答がなく、休館中なのだろうかと不安になった。玄関に三人とも入って戸を閉め、また大声で呼ばわると、広間の奥から爺さんがのこのこと出てきた。

酷く無表情でむっつりした爺さんで、愛想が悪いなどという程度ではない。「日帰りで温泉に入りたいのですが」と言ったら返事もせずに、階段の方を振り向いて手を叩いた。すると階段の上からタオルを抱えた別の爺さんが現れて三人を手招きし、下へ降りていく階段を指差し、「下の階のいちばん奥に大浴場があるすけ、入ってくんなせ。入湯代はお一人様〇〇〇円です」と言って掌を上に向けて突き出した。

無礼な態度に三人は呆れた。おまけに老人二人以外に従業員の姿が見えない。けれども入湯代は破格の安さで、とても寒かったせいもあり、不安に思いつつも、老人の掌に小銭を落としてタオルを受け取ってしまった。

地下へ行くと、長い廊下の途中にトイレがあった。功一さんが風呂の前に用を足そうと言うと、他の二人もゾロゾロとくっついてトイレに入ってきた。

閉まっていた個室のドアが、手前から順に三つ、ゆっくりと勝手に開きはじめた。

第三〇話　日帰り入湯（二）

功一さんともう一人はすっかり怖くなってトイレに入るのはやめにした。が、もう一人（仮に某田としておく）はここまで〝大〟の方を我慢してきたので挫けずに入ると言う。

そこで某田をトイレに置いて、二人は先に大浴場へ行った。

すでに功一さんたちの期待値はだいぶ下がっており、一種の覚悟を決めて大浴場の扉を開けたのだが……。脱衣場から洗い場まで至るところが黴《かび》臭く、足もとはヌメヌメとして、洗い場の換気扇は壊れ、天井に穴があき、備え付けのシャンプーもボディソープも無いという、呆れるのを通り越して哀しみすら覚える惨憺たるありさま。

「これは酷い！　ほとんど廃墟じゃないか。昼飯がまだだが、こんな旅館で飯が食えるか！　お湯に浸かって体が温まったらさっさと帰ろう」

二人でそんなことを話し合っていると、ようやく某田が入ってきた。股を洗って湯に浸かり、「良い湯だな」と上機嫌で話しかけてくる。「どこがだよ？　俺はもう出るよ」「俺も」と二人が言っても某田は平気で「車で待っていてくれ」と応えた。

おおらかなのか鈍いのか、気持ちよさげに湯に浸かっている某田を残して、二人は出た。

地下の廊下を歩いていると、階段の手前で、来るときには閉まっていた引き戸が大きく開いている。中は厨房で、タオルを持ってきた爺さんが胡瓜の漬け物を刻んでいて、それを横から何だか魂が抜けたみたいにボーッとしたようすの婆さんが眺めていた。

功一さんがなんて不気味な旅館だろうと思っていたら、婆さんが異常なすばしっこさで、爺さんが刻んだ漬け物を一切れ摘まんで口に入れた。敏捷な動作に驚いて功一さんと連れが息を呑む……と、婆さんがこっちを振り向いて、「ウニャウニャウニャ」と意味不明の呟きを発しながら走ってきた。

功一さんたちは悲鳴をあげて逃げだして、階段を上った。その間も婆さんはウニャウニャ言いながら追いかけてくる。そのスピードたるや並の男の足より速いほどで、今しも追いつかれそうになりながら二人は死に物狂いで駆け抜けた。

正面出口から走り出て振り返ると、婆さんは戸口のところに立って、無念そうにこちらを睨みつけていた。しかし旅館の外に出てこようとはせず、すぐに引き戸を閉めた。

某田を心配しながら車の中で待つこと約一〇分。ようすを見に行くべきだろうかと話し合っていたら、さっき婆さんが閉めた引き戸を開けて、某田が出てきた。

「厨房？　婆さん？　何のことだかわからないなぁ。誰も見かけなかったよ」

泊まっていた宿に戻って女将さんに以上の出来事を話したら、「そんげな旅館は聞いたことがねえし、そっちの方には山しかねえはずですけどね」と怪訝な顔をされたという。

第三話　蝶

古来より世の東西を問わず蝶は死と結びつけて語られることが多い。日本でも、死者の魂や先祖の霊の化身とされたり、祖霊を運ぶと言い伝えられたりし、或いは、死をもたらすとされてきた。

奄美大島《あまみおおしま》出身の栄喜美子さんの話も、土地の言い伝えから始まった。

「私の故郷では綺麗な蝶は神さまの化身とも死者の魂だとも言われて、殺してはいけないとされてきました。平安時代よりも古い日本語では蝶はハベラと呼ばれていたそうですが、私の故郷に今も残るハビラやアヤハビラという呼び方はこの名残だと思います」

わずかな音韻の違いは訛《なま》りによるものだろうか。喜美子さんによればアヤハビラは美しい蝶という意味だとのこと。目もあやな文様で彩られた蝶の姿が目に浮かぶ。

「私の家系は蝶に縁が深く、この血筋の女が死ぬと必ず蝶が家に迷い込むと言われていました。実際、曾祖母が死んだときも祖母が死んだときも、亡くなった後で必ず蝶が現れて、家族は全員それを見ていましたから、私の世代までは疑う者がなかったのです」

喜美子さんは一九五五年生まれの六〇代。「でも、娘たちは迷信だと言っていました」と彼女は続けた。彼女には娘が二人いた。

「長女は子どもの頃から美容師になるのが夢でしたが、高三の冬休みに同じ学校の先輩や同級生と車で福岡へ遊びに行った帰り道に、交通事故で亡くなりました。即死でしたが、綺麗だった顔が怪我で見る影もなくなっていて……。病院で目にした途端に私と次女が揃って気絶してしまったほどだったので、顔を包帯でグルグル巻きにしたまま焼いてもらいました。私は火葬場の待合所でも今にも倒れそうな気分で、ときどきフッフッと意識が遠のく感じで……」

夢とも現ともわからない心地で座っていると、鼻先を掠めるようにして大きな蝶が飛んだ。驚き、幻だろうかと半信半疑で目で追うと、やはり間違いなく蝶だった。

「夏によく見かける黒っぽい揚羽蝶《あげは》でした。それが冬なのに火葬場に飛んでくるなんて普通じゃないでしょう。みんな次々に気づいて蝶を見つめていました。そのときは目を離した隙にいつの間にか消えてしまったのですが、それからも事あるごとにその蝶が現れたので、次女も、あれはお姉ちゃんだと言うようになったんですよ」

翅《はね》の模様が同じ種類の他の個体と違うので、長女の化身だとわかるのだという。

「長女は事故で顔が崩れていましたから、そのせいでしょう。翅の模様が乱れて、白いところに赤い斑点が散っているのが、包帯を巻いた死に顔を想わせて哀れで……」

しかしここ一年余り見ていないので転生が叶ったのだと思う、と、喜美子さんは言う。

第三話　内緒珠

大石美都さんは一八歳の頃、鼠径部《そけいぶ》に出来物ができた。見つけたときには、すでに直径一センチ以上の塊《かたまり》が皮膚の下にあって、毎日念入りに風呂で体を洗う性質だったから、こんなに大きくなるまで気がつかなかったことに、まず非常に驚いた。

出来物の芯というか塊は、石のように硬い。恐々と指で押してみると、痛みもなく皮膚の下でかなり動く。知らないうちに異物を埋め込まれたかのような具合だ。

美都さんは色恋沙汰とは無縁な青春時代を送っており、脚の付け根なんぞ一〇年以上、親にだって見せていなかった。この出来物が生じたのが人目に晒《さら》しても羞恥心を覚えない場所だったら、夜中だろうが、発見した途端に大声で叫んでいただろう。

しかし、場所が悪い。

「誰にも見せずに処置してしまおうと決意するまで、一日もかかりませんでした。病院にも行かず、翌日の真夜中、自分で切って取り除くことにしたんです」

受験生だった美都さんは、それまでも家族が寝静まった深夜に入浴することがままあった。誰にも怪しまれずに、彼女は一種の外科手術を決行した。カッター、液体消毒薬、オロナイン軟膏、大判のバンドエイドを準備して——。

「幸いそれは、右利きの私には切りやすい左足の付け根にありました。一八歳って外見を凄く気にする年頃じゃないですか？　こんな変な物体が自分の体にくっついているなんて絶対に許せなかったので、多少血が出ようが痛かろうが、やっちゃおうと思って……硬い芯を強くつまんで、皮膚が薄くなった真ん中にカッターで切れ目を入れました」

傷口から少量の血が滲《にじ》むと同時に、真珠のような白い球体が飛び出してきた。

「チュルンと葡萄《ぶどう》の実みたいに出てきたんですよ。パールほど深い艶はないけれど、ガラス質の光沢がある硬くて丸い珠でした。指で潰そうとしてみてもびくともしない丈夫さで、石鹸とお湯で洗って乾かしたら、体の中から出てきたものとは思えず、まるでアクセサリーのパーツのようでした。大きさも、ちょうどビー玉みたいで」

美都さんは予備校に行った折にわざわざアクセサリーショップに寄り道して、ビロード張りの指輪ケースを買った――この珠を大切にしまっておこうと考えたのだった。

「こんなに貴重な物は無いと思ったから、宝石みたいに一生大切にするつもりでした。いつか結婚する相手が出来たら、その人にだけは見せてもいいけれど、それまでは誰にも見せずに、毎晩、独りで眺めようと……。でも、ある夜、母に見つかってしまって、全部白状させられてしまったんですよ。そしたら、その翌朝からみるみる黄ばんできて、汚らしくなってしまったので、ゴミ箱に捨てちゃって、それっきりです」

第三二話　家族

現在四九歳の大屋安成さんから子どもの頃の想い出をうかがった。物心つく前に両親が離婚して母に引き取られ、幼い時分は無性に寂しかったただけで楽しい記憶がひとつも無いが、一一歳のときに母が再婚すると生活が一変した。暮らし向きはだいぶ楽になり、父親が出来て、標準的な家庭らしい体裁が整ったわけである。

「でも不満はありました。ひとつには、義理の父になったのが僕の小学校の担任教師だったことです！　僕はこの先生が嫌いでしたし、僕が通っている学校の先生と母が、僕に黙って、いつの間にかそういう仲になっていたことにも衝撃を受けました。……もうひとつ気に入らなかったのは、母の再婚後に三人で住むことになった家でした。義父の知人が所有する家を借りて暮らしはじめたのですが、僕の部屋にオバケがいたんですよ」

安成さんによれば、彼が与えられた和室の勉強机の下にそいつは潜んでいた。

畳に蒲団《ふとん》を敷いて横になり、左横を向くと、勉強机の下の暗がりが目に入って怖かったので、右側の壁を向いて眠ることにした。

すると、真夜中に後ろから肩や二の腕を引っ張られて目が覚めた。

「起きると何も変わったことはありませんでした。明くる日の夜もほぼ同じことがあったのですが、前夜より引っ張る力が強くて、起きたときには勉強机の脚がすぐ近くにありました。……そして、その次の晩も左腕を掴まれて目を覚ましました。でもそれまでと違って、目を覚ましたら余計に強く掴まれて、悲鳴をあげる余裕もなく勉強机の下に引き摺り込まれてしまいました。机の下の暗闇が異常に深くて、真っ黒な中に左腕から先に斜めに上半身を突っ込んだ格好です。僕は必死に抵抗して、机の下から這い出しながら渾身《こんしん》の力で左腕を引きました。すると、白い手が僕の手首を掴んだまま、暗闇から現れたのです」

反射的に激しく左腕を振り回したところ、その勢いで白い手が離れ、宙に放物線を描いたかと思うと畳の真ん中にパタリと落ちた。手首の切り口がどうなっているのかわからないが、それは手だけの化け物で、蜘蛛《くも》のように指を動かして暗い部屋の隅に逃げていった。

「夜になるのが怖かったなぁ。両親はまともに取り合ってくれないし、最悪でした。だけど手のオバケは二度と現れず、代わりに今度は、僕の周りを楽しそうに笑いながら駆け回る声や足音や気配が聞こえるようになりました。これは不思議と怖くありませんでしたが、それも道理で、それから数ヶ月後に生まれた弟が一歳半ぐらいになったとき、あれは弟だったということがわかったんです。まったく同じようすで僕の周りをウロチョロするようになりましたからね！　弟の誕生と入れ違いに、足音や笑い声も消えましたし」

第三四話　ワンワン

東野正司さんの息子さんは一歳ちょっとの頃、猫でも犬でも、人よりも小さな生き物であれば、とりあえず「ワンワン」と呼ぶことにしたようだった。従って正司さんの実家にいる老猫・トロも息子にかかっては「ワンワン」と呼ばれることになったはずだ。

まだ息子と引き合わせていなかったが、トロは賢い猫だから「ワンワン」と呼ばれてもちゃんと応えてくれるだろうと正司さんは思っていた。

トロは、彼が実家にいた時分に知人から貰って育てた猫だ。アメリカンショートヘアが混ざった雑種で、人懐こくて誰をも魅了する愛嬌があった。結婚後、妻と一緒に上京するにあたって置いてきたのは、住み慣れた家から引き離すのは忍びなかったからだ。貰ってきたときには仔猫だったトロも、今や老い先短い。妻を連れて実家に行くたびに、トロがまだ元気なことを確認しては安堵する正司さんだった。

彼は、正月に帰郷した折に、息子をトロに会わせるつもりでいた。しかし、冬の足音が迫った頃、トロは死んだ。間に合わなかったのだ。

悲しみの中、正司さんは妻子を連れて実家を訪ねた。彼の実家は長野県にある。午前中に出発して正午に着いた。よく晴れた日で、リビングルームの窓辺にトロが好きそうな陽だまりが出来ていた。……と彼の目は、窓の脇に寄せたカーテンに吸い寄せられた。尻尾を立てた猫の影が布に映っている。その姿形が、どう見てもトロだ。すでに両親が動物霊園に葬ってくれたはずの、トロだ。

驚きながら「トロがいる」と叫ぼうとして口を開きかけたそのとき、さっき洗面所に立った妻が小走りに戻ってきて、「トロがいる！」と大声で告げた。

「今さっき、お風呂の蓋の上で寝てた！　絶対、トロちゃんだったよ！」

すると息子が、カーテンのところを指差して、嬉しそうにキャッキャと笑ったかと思うと、「ああ！　ワンワン！　ワンワン！」と言った。

――息子にも見えるんだ。トロはこの家で僕らを待っていてくれたのかな。

その日は、正司さんと妻、両親で、トロの想い出を語り合った。

それから後も、彼は家族同伴で、または独りで、これまでに何度も実家を訪ねているが、トロの影はもう二度と現れず、息子もこの家で「ワンワン」を指差すことはなかったという。

「トロは成仏したのでしょう」と正司さんは言いながら、猫の写真を見せてくれた。

これが生前のトロか……と感慨深くその写真を眺めていたら、偶然、うちの外で幼い男の子が無邪気な声で「ワンワンがいる！」と叫んだ。

凄い偶然。しかし、こっちのワンワンは犬だろう。猫や猫の幽霊ではなくて。

第三五話　祖母のお陰

東野里枝さんは、その夜、死んだ母の夢を見た。

母を亡くしたのはもう一〇年も前のことで、里枝さん自身がそろそろ孫がいてもおかしくない歳だ。しかし刑務所に収監中の長男、三年も家出していたのが先日うちに帰ってきてパチンコ屋で働きはじめた次男、引き籠もりの三男が結婚して孫の顔を見せてくれる日は遠い先のことになるだろうと思われる。

――お母さんは偉かった。私を含めて五人の子が全員グレることなく育ったんだもの。

里枝さんは感慨深く、久しぶりに母の姿を眺めた。夢の中であるせいか、母は逝ったときより若い、還暦ぐらいの姿で、農作業に使う手押し車を押して坂道を上っている。

見れば、かなりきつい急坂だ。行って手伝ってやらなくては、と、里枝さんは焦った。けれども足が動かない。じりじりしながら見守っているうちに、母の表情が悲しそうに歪んできた。

「ばあちゃん！」と里枝さんは大声で母に呼びかけた。息子たちが幼かった頃に母を引き取って同居した。その頃から、そう呼んできたから。「ばあちゃん、大丈夫？」

「里枝」母は暗い顔つきで振り向いて、「助けてあげなさいよ」と里枝さんを諭した。

「助けるって誰を？　ばあちゃんを？　でも足が動かないのよ！」

「違う。そうじゃない。正司が大変なことになっているんだよ。早く助けないと……」

母が言い終わらないうちに、突如、視界が闇に呑まれたかと思うと、いきなり目が覚めた。

正司は次男で一九歳。息子たちのうちではいちばんまともに育っているのに、大変なことは何だろう……。と、里枝さんは不安になり、急いで次男の部屋へ行った。

「正司、ちょっと起きなさい！　あんた大丈夫だろうね？」

そして、いきなり大声で起こされて目を白黒させている正司さんに、昨夜の夢のことを一気に話した。

正司さんはお終いまで聞くと激しく動揺し、涙声で母に告げた。

「俺、パチンコ屋でヤクザと揉めちゃって、舎弟《しゃてい》になってケジメつけろって言われて断れなくて、でも誰にも言えなくて、どうしようって思ってたんだ。ばあちゃんは俺を守りたかったんだなぁ！」

以上の話を私は東野正司さんから聞いた。「ヤクザにならずに済んだのは、祖母が母の夢に出てきてくれたお陰です」と正司さんは話していた。

今から三〇年近く前のことだという。

第三六話　血液輸送と夜の生首

青森県で血液輸送を請け負っていた工藤勉さんの話。当時三五歳で某配送業組合に加入していた勉さんは、あるとき県内の某病院から血液輸送の依頼を受けた。不定期の配送だが単発ではなく、発注頻度が高い仕事だったから喜んで引き受けることにした。

初めから、緊急手術があれば深夜であっても対応する必要があるということは聞いていた。しかし始まってみると、真夜中に行われる外科手術が予想外に多い。勉さんは、しょっちゅう夜の九時前後から深夜零時頃に青森市の血液センターで集荷して、某病院に届けることになった。

血液センターから某病院までの道程の一部は有料道路だった。青森空港の近くに料金所があり、料金所から一〇〇メートルほど先で道がカーブしている。この仕事を請け負ってから初めてここを深夜に通ったときのことだ。

「頭の上を夜間飛行の飛行機が飛んでいました。道はとても空いていて後続車も無く、前を走る車も見えなかったのですが、僕はうっかり速度を上げすぎないように注意していました。なにしろ命を運んでいるわけですからね！　事故なんか起こして病院に届けられなかったら大変です。……やがてカーブに入り、ゆっくりハンドルを切って曲がっていって、カーブの真ん中に差し掛かったとき、道路の左側から音もなく丸い風船のようなものがプカプカ漂ってきました。ちょうどフロントガラスの高さをこっちに向かってプカーッと近寄ってきたので、咄嗟にブレーキを踏みましたが……」

制動距離が足りず、丸いものはみるみる勉さんの眼前に迫った——至近距離で見たそれは風船などではなく、人間の生首であった。

「それも、顔の右半面が血塗れの挽肉のようになって、飛び出した右の目玉が紐みたいなのでぶらさがっている、とてもグロテスクなヤツで……左側の顔も、目をひん剥いて驚いたような凄まじい形相で、男か女かも判別できません」

それが、フロントガラスにぶつかって、スライムのように粘りつきながら落ちていった。

勉さんは路肩に駐車して震えながら車を降りた。そして思いつく限りの場所を探しまわったが、生首どころか何も発見できなかったのだった。

「……荷物は無事に病院に届けられました。だけど、それからというもの、そこを通るたびにアレが飛んできてぶつかるようになって、すぐ慣れましたけど、厭でしたねぇ」

生首はいつも同じ軌道を描いて、避けられないタイミングで現れたが、血液輸送中の深夜以外のときは出てこなかったのだという。

第三七話　通りすがりの黒い首吊り

前項の体験談の主、青森県で某配送業組合に加入して各種の配送を請け負っていた工藤勉さんは、青森県との県境に近い岩手県の某トンネル付近で首吊り死体の幻を目撃したことが再三ある。勉さんだけではなく、同じ組合のドライバー仲間たち数名も見て、本物のご遺体かと思って慌てた者もあったという。

しかし車を路肩に停車すると、首吊り死体は消えてしまう。同じ体験をしたドライバーが複数いるので、あの死体は幻、つまり幽霊に違いないと結論づけられた。

勉さんに教えてもらって場所を確認したところ、岩手県八幡平市《はちまんたいし》にある東北自動車道のトンネルだとわかった。勉さんによると、そのトンネルの北側、青森県側から突入する直前だけ、首吊り死体が見えるのだそうだ。

「トンネルの上に生えている木に、黒い人影がぶらさがっているんですよ。異様に首が長くなっている、たぶん男の死体です」

確かに、そのトンネルの上は樹々に覆われている。しかし自動車の速度で通りがかりに人の形が見分けられるとは思えない。……と、いうことは、その瞬間、彼岸からのメッセージとして、勉さんたちドライバーの頭の中に幻影が映し出されたのかもしれない。

――こういうことは、ひょっとして、珍しくないのだろうか。

よく似た話を、東京都のタクシードライバー、小椙道夫さんからもうかがった。

「夕方五時頃に秋葉原でスーツを着た中年男性を拾ったら、葛飾区の小岩《こいわ》の方へ行ってくださいと言われたので、そっちへ走ったんです。そうすると途中に陸橋があるんですが、渡ったところから下の道へ行ってくれ、と。その道は蔵前橋《くらまえばし》通りって道で、小岩に通じてるから、こっちはハイと答えてそちらへ行ったら……『ワァァッ！』とお客さんがいきなり大声で喚くもんだからびっくりしてね、どうしたのか訊いたんです」

すると、その客は道夫さんにこんなことを話した。

「陸橋を下りたところの街路樹に黒い人がぶらさがって、こっちを睨んでいたんだよ！」

時速二〇キロか四〇キロかわからないけれど、徐行ではない、それなりの速度で走る車から通りすがりに見える、黒い首吊りの人影――。

類似の話がもっと集まると、都市伝説の体を成しそうである。

道夫さんのお客さんは、これから小岩の自宅に帰るつもりだったが真っ直ぐ帰宅するのは験《げん》が悪いからと言って、途中の神社で降車した。

鳥居をくぐって行く後ろ姿を見送りながら、よほど怖かったのだろうと思った、と道夫さんは言った。

第二八話　最後の乗客

東京都のタクシードライバー、小椙道夫さんは、一一月某日の深夜二時に上野の春日通りで五〇代と思しきサラリーマン風の男性を拾った。気の早い忘年会できこしめしたとのことで、そろそろそんなシーズンかと思いながら行き先を訊ねると、千葉県某市へという注文。

某市の辺りには広大なベッドタウンがあるが、丑三《うしみ》つ時にそこから東京に乗ってきたがる客はいないから、この男性が最後の客になるなぁと道夫さんは思った。

都内の限られたエリアが、業務規則で定められた道夫さんの営業区域だ。営業区域外で客Aを降ろして、その場ですぐ営業区域内に戻る客Bを乗せるのはOKだが、営業区域外から別の営業区域外への移送は罰則付きで禁じられているのである。

やがて某市に入り、道夫さんは客の指示に従って住宅街の路地に車を進めた。似たような一戸建ての二階家ばかり建ち並んだ、広大な住宅街である。どこまで行くんだ……と思っていたら、住宅街の端まで来たと見えて、真っ暗な山肌が間近に迫ってきた。

道端にポツンと街灯が点いている。その明かりに照らされた行き止まりの家が客の住まいのようで、門扉の前で停めさせられた。客は眠たそうな顔で会計を済ませて、そそくさと降車しかかったのだが。

「どうされました？」

急に客が引き攣《つ》った表情で車の後ろの方を振り向いたので、道夫さんも訊ねながら振り返る。すると斜め後ろに女性が二人、立っていた。道夫さんが驚きながら外に出たのと、さっきの客が猛烈な速さで玄関の方へ走っていくのとがほぼ同時だった。

玄関がバタンと閉まると、鼓膜《こまく》が痛くなるほどの静寂が落ちた。

「乗っても宜しいでしょうか」

片一方の女性に訊ねられた。四〇手前の美人でエレガントなスカートスーツを纏い、髪を美しく整えて化粧をしている。もう一人は制服を着た中学生くらいの少女。どちらも手ぶらで、コートの類を着ていない。晩秋の午前三時は恐ろしく冷えるのに。

「どちらに行かれるのでしょう？」寒さのせいか何なのか、頸《くび》から頬までびっしりと鳥肌を立てながら訊ねたら、年配の方が「あっち」と、か細い声で告げつつ指差した。

そちらの方は千葉方面。道夫さんは咄嗟にそう判断した。「でしたら業務規則違反になりますから乗せられないんですよ。申し訳ございません」

女は尚も「たった一キロ先なんですが」と粘ったが、厳に断って運転席に戻り、バックミラーを見たり振り返ったりして、二人の行方を確かめようとした。

しかしもう、彼女らの姿はどこにもなく、街灯だけが虚しく道路を照らしていた。

第三九話　別荘の夜

八〇年代後半の男子高校生はバイクに乗る者が多かった。流行と好景気がマッチしていたのだろうか。当時一七歳の小川俊朗さんも高一からバイクを乗り回すようになり、高二の夏休みには友人六人と一緒に東京から千葉の勝浦《かつうら》までツーリングをした。途中同行した六人のうち一人、Aの家の別荘が勝浦にあり、そこに泊まる予定だった。途中散々寄り道をしたので、到着したのは夜の八時過ぎ。荷ほどきや小便、部屋の探検などが一段落すると、Aの提案で勝浦駅の方へ買い出しに行くことになった。しかし俊朗さんは夏風邪をひきかけたのか体調が思わしくなく、留守番したいと申し出た。

皆が行ってしまうと急に静かになった。Aの別荘は山の中腹にあって雑木林に囲まれている。周囲に人家も無い。一階の奥の和室に蒲団を敷いて横になってみたが、沈黙の圧が四方から押し寄せてくる感じがして、目が冴えるばかりだった。

そのうち別荘のどこかで時計がボーンボーンと鐘を打ち出した。一〇回打って止まったが、鳴りやむと同時に、俊朗さんは身動きが取れなくなった。たまたま押し入れの方を向いて横向きの姿勢で寝ていた、その格好のまま固まってしまった。

と、橙《だいだい》色をした豆球の明かりに照らされた押し入れの襖《だいだい》が、ズズズ……と開いて、横になる前に自分が蒲団を取り出した押し入れの上の段から男の子が顔を覗かせた。六、七歳だろうか。残りの蒲団が積まれた上に正座している。白い半袖シャツを着た普通の子で、正座した膝小僧が裸だから、どうやら半ズボンを穿《は》いているようだ。

蒲団を敷いてから二時間も経っていない。そのときはこんな子はいなかった。

「きみは誰？」俊朗さんは声に出すより先に、頭の中でそう問うた。

すると男の子は少しも挙動していないのに襖が素早く閉まった。閉まると途端に体が動かせるようになり、俊朗さんは押し入れの反対側に向かって蒲団を飛び出した。

ところが、そちら側を向いた途端、今しがた押し入れにいた男の子と窓ガラス越しに目が合った。男の子は、地面から二メートルもあろうかという宙に浮きながら、ガラスに左右の掌《てのひら》を貼りつかせていた。その後ろで、林の樹々が激しく梢を揺らしている。

まるで嵐が来たかのようだ。しかし、なぜか風の音がしない。

悲鳴をあげたような気がしたが、何が何やらわからないうちに、俊朗さんは窓辺まで吸い寄せられていた。男の子の顔や手足が青く光って、魅入られたように目が離せない。

「……僕は死ぬんだ。なぜかそう思って絶望しかけたとき友人たちのバイクの音がして、男の子が消えました。それから友人たちに今起きたことを説明したのですが、Ａはそんな男の子には覚えがないそうで……。風も吹いていなかったということです」

第四〇話　化かされて首塚

スマホのGPS機能やカー・ナビゲーション・システムが普及する前の頃、群馬県で小学生向け学習教材の営業をしていた新井光和さんは、ある日、テレアポ担当者・Aさんから教示された安中市《あんなかし》の個人宅を訪問することになった。

午後二時にうかがって、注文の品を届けがてら、他の商品を紹介する予定だった。

七月中旬の午後一時に彼は車で安中市に到着した。当時、光和さんの方向感覚の正確さは社内で有名だった。「新井は絶対に道に迷わない」と言われていたが、ゼンリンの詳細地図のお陰だと彼自身は思っており、そのときも助手席に地図が広げてあった。

およその勘ではあと一五分で件のお宅に着いてしまう。先に家の前まで行って位置を確認してから、近所で弁当を食べようと彼は考えた。

ゼンリンの地図には基本的には戸主の苗字が記されているが、完全ではない。目当ての家の苗字は地図上には見当たらなかった。こういうこともよくある。光和さんは教えられた番地を目指して、国道から路地へ逸れた。

路地は次第に上り坂になり、進むほどに道の両脇の人家が間遠になる。雑木林の合間に畑があり、また森に分け入っていったかと思ったら、小高い丘に突き当たった。

丘に石碑が建っている。地図を片手に車を降りて碑文を確かめたら《首塚》と彫られていた。辺りは暑気と蝉の声に制圧されており、地図上の住所は間違いなくここのはず。光和さんは全身の汗がいっぺんに冷えた心地がして、車に逃げ戻り、国道まで引き返した。もう一度地図を検分して違うルートで件の家を目指した——が、再び首塚に来てしまった。

そこで、さらにまたやり直した。しかしまたしても最後には首塚へ。

都合五回繰り返して精根尽き果てた。約束の二時が迫ってしまったせいもあり、彼はテレアポのAさんに電話をして、重々謝ったうえで訪問をキャンセルするように頼んだ。

Aさんはすぐに折り返し電話をかけると応えた。そこで国道の路肩で待機していると、程なくAさんから着信があった。

「たいへんお待たせしました。不思議なんですけど、昨日、予約確認の電話をしたときには問題なく通話できたのに『この電話番号は現在使われておりません』って……」

似たような化け狸の話を聞いたことが再三あるが、テレアポまで巻き込む狸は珍しい。

第四一話　八幡平の頭蓋骨

前項の新井光和さんの体験を再現すべく、安中市に首塚を探してみたら、簗瀬《やなせ》という場所に実在することがわかった。郷土史家や歴史通の間ではたいへん有名な《八幡平の首塚》と呼ばれる遺跡のようだ。

安中市内を流れる碓氷川《うすいがわ》北岸の丘陵地帯には、古くから円墳があった。一九三一年にここへ来た小学生が偶然、人骨を掘り当てて発見したのが、この《八幡平の首塚》。

一九五二年に東京大学人類学教室の鈴木《すずき》尚《ひさし》博士が調査に当たり、古墳の石室の外に一五〇体分の頭蓋骨が積まれて火山灰に覆われていたことなどが明らかになった。

また、一五〇の頭蓋骨はどれも顔が短く鼻根が低いなど、現代人とは異なる中世の人の特徴を備え、刃物による傷痕が刻まれていた。

さらに、発見当初は、どの頭蓋骨も甲府方面を向いていたという説もある。甲府と言えば武田信玄《たけだしんげん》。中世の戦国時代、八幡平と呼ばれたこの付近は、安中市の名前の由来である安中氏と武田信玄の軍勢の合戦場だったという。そして安中氏領に侵攻した武田信玄は八幡平に陣城を築き、合戦で獲った敵の首を集めて首実験した……おまけに武田領の甲府を向かせて並べた……とまで言ったら妄想が過ぎようか。

ここで落ち武者の幽霊を目撃したという噂があると聞いたから、そんなことを考えてしまったわけだが。

実際のところ、八幡平の頭蓋骨が、武田軍、安中軍、どちらの武者のものなのかはわかっていない。頭骨以外をすべて欠いていることから、他所にあった遺骨から頭骸骨だけ外して、ここに改葬したと言われているのみだ（頭蓋骨のみ改葬したり後から供養したりすることは江戸時代まで珍しくなかった）。

一九九七年の発掘調査では室町時代の板碑群も見つかり、今では安中市指定史跡として地域振興の一端を担う観光スポット化が進んだ。併設されたガイダンス施設では、同遺跡の由来などを学ぶことが出来るほか、古墳に供養塔やお堂も建てられており、市の教育委員会が作成した案内板に詳しい解説が記されていた。

――以上のことを光和さんに報告したところ、彼は釈然としない表情を見せた。

「おかしいですね。僕が行った《首塚》は、《首塚》と書かれた石碑が円墳の上にあるだけでした。案内板やお堂なんて全然……なんにも整備されていない雑木林の丘の中でしたよ」

こう聞いて、私は光和さんが三〇年代から五〇年代頃にタイムスリップしたのじゃないかと想像した。原因は、落ち武者の祟りだろうか。狸ではなくて。

第四二話　鳥たち

以前、宮城県に住んでいた遠藤沙由美さんの話。沙由美さんが小学生の頃、家族と同居していた父方の曾祖母が永眠すると、入れ違いのようにして家に野鳥が舞い込んだ。

近辺でよく見かける黒っぽい小鳥だったが、曾祖母の魂のように思われ、家族一同、神秘に打たれた。

それから数年後、沙由美さんが中二のときに、祖父が亡くなった。逝った途端に、再び黒い野鳥が開けた窓から家の中に飛び込んできて、二、三日、出ていかなかった。曾祖母のときのことがあったから、沙由美さんの家では、これは祖父の魂の化身だと信じた。

しかし小鳥はいつの間にか姿を消してしまった。野鳥を飼うことは法律で禁止されているから、餌をやらなかった。だから飢えて出ていってしまったのだ。

祖父の葬儀から一週間後、小鳥が去ってしまったのを寂しく思いながら、たまたま沙由美さんは火葬場のそばを通りかかった。ここで祖父がお骨になったのは、ついこないだのこと……と、ますます悲しい気持ちを溢れさせつつうつむいて歩いて帰ると、玄関の戸を開けた途端に、青い風が頬をかすめて家の中へ入っていった。

何かと思えば、青と緑の体色が爽やかなセキセイインコである。

　セキセイインコは野鳥ではないので、家で飼うことに何ら問題がない。

　沙由美さんの家では、この鳥を祖父が化身したものであると誰もが信じて、大事に飼った。お陰で、それから一三年経った今も羽の色が褪《あ》せることもなく元気だという。

「……と、沙由美は言っています。この話を川奈先生に書いていただいても構わないそうです。彼女は大学ではユタの研究をしていたそうで、沖縄に行ったときにユタにスカウトされたんですって。つまり、それくらい優れた霊感があって……。だからこんな神秘的な体験をするんでしょうね。飛んできたとき成鳥だったセキセイインコがそれから一三年も生きているのも、ちょっと不思議じゃありませんか？」

　この話を私に聞かせてくれた沙由美さんの同郷の友人、阿部詩穂さんがこう言うのを聞いて、私は、奄美大島の蝶にまつわる体験談を思い出さないわけにはいかなかった。

　奄美諸島から沖縄諸島にかけての広い範囲で南方に伝わる蝶の伝承は古代琉球《りゅうきゅう》の《をなり神》信仰に基づくという。「をなり」は妹（女性）を意味し、兄（えけり）を守護する力を持っており、これが現世では蝶または白い鳥の姿を取るとされているのだ。

　現代ではポピュラーな飼い鳥に変化するかもしれぬ。ちなみにセキセイインコの寿命は五年から一〇年だから、沙由美さんの小鳥は長寿だけでも奇跡の領域に踏み込みつつある。

第四三話　阿蘇山のポスター

風水では、山には良い気の流れ《龍脈《りゅうみゃく》》があるとしている。龍脈は山脈の尾根を伝って広がり、此《こ》の世の隅々《すみずみ》に行き渡っているのだという。日本風水では、山の写真や絵を壁などに飾るだけで、この龍脈を簡単に自分の部屋に呼び込むことが出来ると説いている。たったそれだけで、金運や学業運、仕事運などが上昇するとのことだ。

二〇歳の技術系会社員、吉長勤也さんは社員寮の自室の壁に阿蘇山《あそさん》の写真ポスターをアクリル・フレームに挟んで掛けていた。

勤也さんは九州出身で、熊本県の阿蘇山に少し思い入れがあったのだ。幼い頃から何度か訪れた懐かしい場所ではあるし、故郷が誇る神の山として敬う気持ちも抱いていた。

富士山の絵は縁起が良いと聞いたことがあるけれど、自分の場合は富士山より阿蘇山の方が、神さまのご加護が受けられそうな気がしていたのだった。

高専を卒業して今の会社に就職してから、幼馴染や学生時代に親しくしていた仲間と会う余裕がなく、寂しさが募っている。孤独を強く感じたときに、この阿蘇山のポスターを眺めると、ちょっとばかり気持ちが楽になった。

そんなある晩のこと、夜一〇時頃、電気を消してベッドに横になると、阿蘇山のポスターがキラキラ輝いて見えた。

不思議だ。今まで気がつかなかったが、蓄光インクでも使っているのだろうか？　しかしブラックライト系の光り方ではない。それに、そういうことならとっくに気がついているはず。なんで急に光りだしたのか……。

横になったままポスターを観察して頭をひねっていたら、どこからともなく、「吉長さん、吉長さん！」と呼ぶ声が聞こえてきて、そのときから体がピクリとも動かせなくなった。

初めての金縛り体験に焦る勤也さんに、尚も声は「吉長さん！」と呼びかける。

ポスターの中から聞こえてくるようでもあり、部屋のあちらこちらを移動しながら呼んでいるようでもある。しつこく繰り返し、何かを訴えるかのように自分の名前を呼ぶのだ。

そのうち、この声に聞き覚えがあることに気づいた。

高専で一学年後輩だったMくんの声だ、と、確信したらすぐに金縛りが解けて、呼び声も消えた。

そこで勤也さんは胸騒ぎを覚えてMくんに連絡を取ろうとしたのだが、彼のメッセージがMくんに読まれることはなかった。

阿蘇山のポスターが輝いた夜に、Mくんは急病で彼の世に旅立っていたのである。

第四四話　人形たちのいるところ

新米薬剤師の阿部詩穂さんはレジデントとして薬局に勤務している。臨床研修に励んでいる次第だが、ある日、指導員に伴われて、在宅医療中の患者宅を訪問することになった。件の患者が独居老人で、公団の集合住宅に住んでいることは事前に聞かされていた。しかし行ってみたら廃墟のような建物だったので唖然とした。ヒビだらけの壁。ベニヤで塞いだ窓。赤錆に覆われたベランダ。建物の中も妙にガランとして、人が住んでいるとは思えない。

しかし指導員は平然と前を進んでいく。やがて四階のある部屋の前で立ち止まり、詩穂さんの方を振り向いて、「患者さんのお部屋では、くれぐれも失礼のないように」と小声で注意した。玄関のドアをノックすると、通いの看護師に玄関で迎え入れられた。

建物も凄かったが、室内のようすも惨憺《さんたん》たるものだった。

物が散乱し、襖が腐って半分溶け落ちた、廃屋のような部屋である。

さらに、人形たち。大小さまざま、数百体の人形やぬいぐるみが壁際に山を成し、ベッドの枕板まで押し寄せていた。どれも古色蒼然として、壊れかけている。

そんな中に、唐突に現代的な介護ベッドが置かれ、そこに白っ茶けた骨のような顔のお婆さんが寝かされていた。胸もとまで蒲団をかけて、かすれ声で延々と呟きながら。

「イタイヨー。イタイヨー。イタイヨー。イタイヨー。イタイヨー。イタイヨー」

指導員に肩を叩かれ、詩穂さんは悲鳴を呑み込んだ。

「阿部さん。失礼のないようにね。ベッドの横のテーブルで、薬類の整理をしてください」

そこで作業を始めたが、しばらくして、ふと正面から視線を感じた。見れば、自分の真向かいに帽子を被った赤ちゃんサイズのキューピー人形がうつむき加減に座っている。目もとが帽子の庇《ひさし》に隠れているせいで生きた乳児のように感じられて、ゾッとした。

気にしないように自分に言い聞かせて作業を終わらせ、次の指示を仰ぐために顔を上げたところ、キューピー人形と目が合った。

さっきは庇に隠れていた両目が、今は完全に露出していた。帽子が後ろにずれているだけではなく、姿勢も変化している。やや前屈みだった体を真っ直ぐに起こして、詩穂さんを睨みつけているかのようだ。

息を呑んだその瞬間、「ヤーメーローッ」と老婆が絶叫した。

同時に、うぞうぞと人形の山が蠢きだした。

しかし看護師は「この人よくこうなるのよぉ」と詩穂さんに微笑みかけただけ。指導員も動じるそぶりもない。彼らは、その後も何事もなかったかのように振る舞いつづけた。

――詩穂さんは、この出来事を誰かに打ち明けたくてたまらなかったのだという。

第四五話　禁じられた公園

阿部詩穂さんが物心つく前から住んでいた家は、寺院の向かい側にあり、二階の子ども部屋からお寺の敷地が広く見渡せた。お堂があり、墓地があり、仏教幼稚園があり、そして児童公園があった。

児童公園は三方を墓地に囲まれていた。墓地と柵で隔てられた四角いスペースに、砂場、滑り台、ブランコ、ちょっとした広場があり、きちんと手入れされている。遊具はどれも少し古びているものの、まだまだ使えそうで、子どもの目には魅力的に映った。

それなのに、道路に面した一方の辺にも柵が設けられていて、入れないようになっているのだ。墓地と隔てる柵よりも高く、頑丈な柵。一ヶ所に扉があったが、施錠された上に閂《かんぬき》を鉄の鎖でグルグル巻きにして封じられていた。

――遊びたいなぁ。

柵に顔を押しつけ、両手でしがみついて遊具を眺めたことは数知れず。両親にも幾度となく訊ねた。「なんであの公園で遊べないの？」と。

父も母も、公園が封鎖された原因については知らないようだった。

しかし、詩穂さんは長じるにつれて、公園が閉ざされている理由がうっすらとわかるようになってきた。……いや、理由というほど明確な何かを知ったわけではないのだが。

夜、子ども部屋からそちらを見ると、必ずと言っていいほど、光の球が一つ、ぽっかりと浮かんでいたのである。

ちょうど詩穂さんの頭ほどの、青白く光る丸いものが、公園の中を彷徨《さまよ》ったり、宙に止まったりしている。その動きは、速いときも遅いときもあるが、さほど高く飛ぶわけではない。まるで子どもが遊んでいるかのような動き方だった。
一一、二歳になり、公園遊びをする年頃ではなくなると同時に分別がつくに従い、あの光は懐中電灯かもしれないと考えるようにもなった。
でも、懐中電灯であったとして、なぜわざわざ夜に児童公園をうろつくのか。それにまた、毎晩のことであるのに、両親をはじめ、近隣の人々が怪しんで問題にしないのも不思議だ。

やがて人魂を科学的に説明できる《電球現象》についても聞き知ったけれど、あの光の球は意思を持っているかのような動きを見せるので、合理的な解釈とは馴染まないような気がした。懐中電灯や科学的な自然現象なら、大人たちの沈黙や施錠と鎖の方の説明がつかなくなるではないか。

結局、詩穂さんは、公園が封鎖されたわけを知らないまま大人になった。今はあの公園に興味を失くして久しく、最後に光の球を見たのは中学生のときだという。

第四六話　映写技師と革靴の足

東京都の花岡真悟さんはフィルム映画の映写技師だったことがある。

キャリアは二〇〇六年頃から二〇〇八年頃までの約二年間だけだが、あまり長く続けられなかったのは、勤めていたシネコン（複合映画館）でデジタル上映が始まり、映写技師が必要とされなくなったからだ。消えゆく職業の最後の日々を、彼はオープンしたての大型シネコンで過ごした。

そのシネコンにはスクリーンと映写機が一〇ずつあった。映写室は一つに繋がっていて、足を踏み入れられるのは支配人と映写技師たちだけだった。

支配人と映写技師はすぐに見分けがついた。フィルムには埃《ほこり》が大敵だから、映写技師にはジャンプスーツとスニーカーの着用が義務付けられていたのだ。

しかし、このシネコンに勤めはじめて間もなく、真悟さんは映写室にときどき革靴を履いた男がいることに気がついた。

最初に見かけたときは支配人だと思った。九番の映写機で作業中に少し屈んだら、遮光カーテンの下の隙間から革靴が見えたのだ。ビシッと折り目のついたスラックスを穿き、革靴は品の良いデザインで美しかった。一歩ごとに硬い靴底が床のタイルを叩く音が響いた。

タッタッタッ……。メインの出入口の方へ歩いてゆく。

その後、作業が一段落したときに、真悟さんは五番を担当している同僚に、さっき支配人が来たかと訊ねた。同僚は首を横に振った。

「ううん。僕と花岡さんが映写室に入ってから、誰も来てないよ」

それからも革靴の足を時折見かけた。支配人ではないのかもしれないが、気にするほどのことでもないと思っていた。しかし、ある朝、他の同僚が出勤してくる前に、映写室で映写機を立ち上げていたら、奥の方からタッタッとあの足音が聞こえてきたので驚いた。

ここの映写室の出入口は一つしかない。真悟さんは出入口の鍵を開けて映写室に入り、そこから最も近い一番から順に映写機と照明器具の電源を入れながら映写室の奥へ向かって進んでいたのだ——誰もここに入れるわけがなかった。

そのとき、真悟さんは六番の映写機のところにいた。

足音は一〇番、九番、八番……と、接近してくる。

真悟さんは作業を中断して出入口の方へ駆け出した。すると足音も速度を上げた。

映写室の外に出るまで、足音は追いかけてきた。出入口のドアを閉めると、もう中に戻る勇気はなく、結局、同僚が出勤してくるまで廊下で座り込んでいた。

このことがあって以来、真悟さんは独りで映写室に入るのをやめた。

第四七話　映画館に棲む者たち

かつて花岡真悟さんが映写技師として勤務していたシネコンには、さまざまな幽霊が出没した。彼を入れて一〇人の映写技師の他、大勢の劇場スタッフがいたが、その大半がオープンから半年もしないうちに、なんらかの怪異に遭遇することになったのだという。

シネコンのオープン直後に、まず、女性の映写技師たちが、六、七歳ぐらいの女の子が忽然と現れて、話しかけてくると言いだした。

六番から八番の映写機のそばが気に入っているようで、その辺りの薄暗い壁際に膝を抱えて座っていたかと思うと、構ってほしそうに後ろにつきまとう。背後から可愛い声で「何してるの?」などと質問されるが、振り返ると誰もいない……。

真悟さんは、革靴を履いた正体不明の男の足を映写室で何度か見かけたが、それは複数の劇場スタッフが頻繁に目撃した、一〇番スクリーンの男かもしれなかった。

最終上映が終わった深夜、客席を掃除していると、最後列の座席から立ちあがり、その場で画面の方を向いて佇む男がいる。中年のビジネスマン風で、生きている人と見紛う容姿だが、観客が全員退出したことを確認した後に忽然と客席に現れて、消えるときも一瞬、目を離した隙に消えてしまうのだから、人間ではない。

怖い見た目ではないので、しばらくすると劇場スタッフたちは慣れてしまったようだったが、映写技師の中には、一〇番スクリーンで終映後にフィルムの試写をするのを厭がる者もいた。フィルムの試写は通常零時から午前三時にかけて、映写技師がひとりで客席で行う。幽霊に背中を見られながら……というのは誰しも気が進むものではないが、ことにホラー映画の試写となると……。

その他に、真悟さんがよく憶えているのは、胸から上しかない若い女性だという。

深夜、同僚と二人で映写室の片づけ作業をしているときだった。「どう？　そろそろ終わりそう？」と話しかけながら振り向いたら、同僚の頭の上に髪の長い女性が浮かんでいた。

床から二メートルの高さに顔があり、後ろの景色が透けていて、鳩尾のあたりから下が空気に溶け込むように消えている。二〇歳前後ぐらいに見えた。

「どうした？　そんな顔して？」と、まだ気づかない同僚が真悟さんに訊ねた。

言葉にならず、そっちの方を指差すと、胸から上だけの女は逃げるようにスーッと横に水平移動して、髪をなびかせながら壁の中へ消えていった。

第四八話　お兄ちゃんの機関車

上田浩子さんの実家は浄土真宗の寺だったが、父亡き後に住職となった兄とその妻は、坊守だった母と寺の経営を巡って対立した挙げ句、母をケアホームへ追いやった。しかも母が病死すると、葬儀を執り行うことはおろか家の墓で眠らせることすら拒んだ。

母親の味方をしてきた浩子さんのことも兄は嫌っており、寺の敷地に足を踏み入れると追い出しにかかるのが常だった。けれども、浩子さんが母の遺品整理を申し出ると、これはすんなり受け容れた。昔、母屋として使っていた建物を間もなく取り壊すことになっており、そこに母の遺品があるはずだったが、兄は自分たちで片づける気がなかったのだ。

なんでこんな人間が兄なのか、と、浩子さんは情けなかった。

怒りを抑えつつ、寺の敷地内にある旧母屋で母の遺品整理をした。

片づけを進めるうちに、やがて浩子さんは屋内の物置で桐箪笥《きりだんす》を見つけた。たいへん重厚な良い品だが、初めて見た。これは或いは嫁入り道具だったのかもしれない。母は裕福な家の出だと聞いている。それが、寺に嫁いで苦労した挙句、最期は……と、母の生涯に思いを巡らせつつ、浩子さんは桐箪笥の引き出しを下から順に開けていった。

箪笥の中身も目にしたことのないものばかりだった。今や珍しい銘仙の着物などが綺麗に保管されていて驚いた。上等な桐箪笥は虫や黴を寄せ付けないそうだが……。

最後に、いちばん上の小さな引き出しを開けた。すると、全長二〇センチほどの蒸気機関車の玩具が現れた。細部までよく再現された精巧な木製で、これも傷んだところがない。ためつすがめつするうちに、車体の裏に名前が記されていることに気がついた。

母が初めて産んだ子どもが一歳で病死したということは、浩子さんも知っていた。

——本当のお兄ちゃんと、母が引き合わせてくれたのだ。

浩子さんは、この機関車を自分の家に持ち帰り、ケースに入れて大事に保管した。眺めているとなぜか心が安らぐのだった。

あるとき、霊感が強い友人が遊びに来た際に、これを見せたところ、こんな話を聞かせてくれた。

「この機関車の最初の持ち主は、生きていれば立派な人物になったはず。これにはその人の一生分の強い守護の力が宿っているので、身近に置いて大切にすれば、幸運を招いて厄を祓ってくれます。お母さんは亡くなってからそのことがわかり、浩子さんに授けたいと思ったのでしょう。お母さんが、これと浩子さんを引き合わせたんですよ」

それから、浩子さんとその家族には良いことが続いた。兄夫婦が、その後、子どもの失業や病気、借金などのトラブルに見舞われ、寺の信用にも瑕《きず》がついたのとは対照的だという。

第四九話　あのホテルは今

二〇〇一年の夏、翌年に竣工を控えた建設中の超高層ビルの内装工事を請け負った益島啓一さんは、本設エレベーターの落書きを見て首を捻っていた。

《〇〇階にオバケが出る》《幽霊がいるぞ》《〇〇階と〇〇階で心霊現象》

養生シートにマジックなど手近なもので書き殴られているのである。工事の合間に作業員たちが書いたとしか考えられなかったが、どれも幽霊を目撃したことを示唆する内容だ。しかも何度か消された痕跡もあり、その上にまた執拗に書かれている。

気味が悪いなぁと思っていたところへ、ちょうどよく現場監督がエレベーターに乗ってきたので、「この現場、オバケが出るんでしょ？」と啓一さんは訊ねてみた。

現場監督は出ないことにしたいようだった。

「出ませんよ！　ああ、こういう落書きは困るなぁ。たちの悪い冗談だ！　嘘ですよ！」

しかし、その後会った作業員たちは口々に幽霊目撃談を彼に報告した。

「鍵束の音が後ろから来て通りすぎていったけど、姿が見えなかった」

「俺はトイレで浴衣のおじさんを見ましたよ」

「コンクリート片がガラ袋から勝手にピョンピョン飛び出したときには驚いた」

数ヶ月後、啓一さんは、完成したこのビルで働いている青年に偶然出会った。

「あのビル、出ませんか？」

青年は外資系企業の社員とのことで、怪談話とは無縁そうな現代のエリート。そして例のビルは建築技術の粋を集めたようなハイテクな建物なのだが……。

「出ます、出ます！　旅館の浴衣みたいなのを着た中年男性をトイレで見ました。半分透き通っていましたよ！　あとは、各階の喫煙室がよく使えなくなるんです。なぜかドアが開かなくなったり、空気清浄機が故障したりして……。前にここにあったホテルの火事は煙草の火の不始末が原因だったんですってね？　煙草に恨みがあるから幽霊が喫煙室を使えなくしてるんじゃないかって噂があります」


一九八二年に東京都千代田区で起きた大惨事と言えば「あのホテルのことだ」とピンと来る人も、もうだいぶ減っただろう――創業一九六〇年。地上一〇階・地下二階、四〇〇を超える客室と一四の宴会場と百畳の大広間、レストランや美容室、ナイトクラブなど各種の施設を備えた都心の一流ホテルだったが、その年の二月に起きた火災によって死者三〇名以上、重軽傷者二〇名以上を出して廃業した。

第五〇話　生霊、ふるさとへ逃げ帰る

日頃、取材をしていると、生霊がらみの体験談をときどき聞くが、やはり、恋、嫉妬、恨みなどの情念が原動力となって幽体離脱するパターンの話が多いように思う。

しかし川原利幸さんの体験談は、少しようすが違った。

利幸さんは一八歳で自衛隊に入隊したが、理不尽なしごきと嫌がらせに耐えかねて、入隊から一〇ヶ月で辞めてしまった。

依願退職を決意する直前の三日間は水さえ喉を通らず、一睡もできないほど苦悩した。もう駄目だ、辞めるか自殺するかどちらかしかない、とても我慢できない、辛すぎる。

そんなふうに絶えず心の中で呻吟するうちに最後の晩になった。無理に食べた夕食を便所で吐きながら、明日こそ退職願を出そうと思った。

しかしそれでまた、こっぴどく叱られたり蔑《さげす》まれたりするのだろうと想像すると、恐ろしさのあまり血が下がって、便所の中で頭が虚ろになった。

次の瞬間、彼は実家の茶の間にいた。卓袱台《ちゃぶだい》に煮つけや焼き魚など夕餉のおかずやご飯、汁物のお椀をみっしりと並べて、両親と妹が盛んに食べているところだった。

傍らにはテレビが点いていて昨今、巷でブームの漫才芸人の喋りが流れていた。父が

「ママカリの酢漬け出さんの？」と母に言い、「自分で持ってきたらええ」と母が言い返しながらヨイショと立ちあがって台所の方へ行きかけて……。

彼に気づいてギョッとしたように立ち止まり、「利幸！」と叫んだ。

このとき母はしっかり利幸さんの目を見ていた。視線を合わせたまま利幸さんも口を開いた。「母さん、わしなぁ、でーれーえれぇけぇ、もうおえん……」自衛隊が辛くてたまらないことを涙ながらに訴えようとしたのである。

しかし生来短気な母は皆まで言わせず、「この、あんごうが！」と彼を叱りつけた。

「自衛隊はどうしたぁ？　なんで帰ってきたん？　えれぇ痩せて病人みてぇな顔してぇ。あんた大丈夫なん？　返事をせぇ。利幸……」

最後の方は声がくぐもって聞こえ、母の顔も霞《かす》んできて、利幸さんは背中から引っ張られて、母から急速に引き離されるのを感じた。茶の間の景色がみるみる遠ざかり、視界がブラックアウトしたかと思うと、全身に衝撃が走って、元いた便所に帰ってきていた。

「あのとき、母には僕がはっきり見えたそうです。今から三七年前のことです」

翌日、利幸さんは退職願を出して、自衛隊を辞めた。

「母の顔を思い浮かべたら、病んだり死んだりするよりは、『あんごうが！』と叱られる方がずっといいと思って踏ん切りがつきました。ええ。また母に叱られましたよ」

第五一話　警告音

海野聡子さんは最近あまり車の運転をしなくなった。運転中にシートベルトの警告音が度々鳴るので厭になってしまったのだ。遵法精神に欠けているわけではない。シートベルトは必ず着用する。助手席の人にも着けさせる。

しかし、鳴ってしまう。

車の電気系統が故障しているのではないかって？　違う。新しい車に買い替えても、レンタカーでも、聡子さんが運転していれば、頻繁に警告音がピーピーと鳴るのである。

では、土地が特殊な磁場を有しており、そこを通りかかると誤作動が起きるのか……。

これも違う。聡子さんは現在、鹿児島県に住んでいるが、数年前まで他県で暮らしていた。その頃も自動車を日常的に運転していたが、やっぱり原因不明のシートベルト警告音がときどき鳴っていたのだという。

どんな場所で鳴るのか訊ねたところ、「いつもきまった場所で鳴りはじめる」というお返事。しかし昨日まで鳴っていた場所でも、あるとき急に鳴らなくなることがあるという。

そして、運転している限りずっと鳴りつづけていることもあれば、ある所に来た途端に鳴りやむこともあるとのこと。

ここ最近は、スポーツジムに行く際に、とある学校の前に差し掛かるとピーピー鳴りだして、スポーツジムの駐車場に入ると鳴りやんでいた。

それを聞いて私は、子どもの霊が学校からスポーツジムに通っているのではないかと想像した。というのも、私は息子を学校から水泳教室まで送迎していたことがあるので。

「さあ……。交差点や信号待ちの最中に鳴りはじめることもあるので、どうでしょう?」

他県から越してきた聡子さんは、件の学校など地元の情報に詳しくない。

そこで私が事故物件公示サイトの《大島てる》を見てみたところ、学校と同じ町内で若い女性の飛び降り自殺・殺人事件・転落事故死・死体遺棄事件が起きていたことがわかった。

聡子さんは少し前から原付バイクに乗りはじめた。

警告音に煩わされることもなく、快適だという。

第五二話　死者からの《いいね》

錦織恭介さんはメッセンジャーというフェイスブックのダイレクトメッセージ機能をよく利用する。仕事仲間に勧められたのがきっかけで使いはじめ、今では友人とスマホで連絡を取り合うときにも用いている。文章でチャットが出来る他、静止画やライブ動画の送受信機能や電話機能も付いていて便利だ。

そんな恭介さんには、とりわけ頻繁にメッセンジャーでやりとりする仲間が何人かいる。

木村逸雄さんもその一人だった。三年前の八月までは。

最後に逸雄さんから送られてきたメッセージは写真で、画面の中央奥に4ドアの国産セダンがあり、その手前に逸雄さんの顔が大きく写っていた。

写真の下には《〇〇〇に行ってきました！》とテキストが添えられている。

旅先でのスマホの自画撮りということが一目瞭然だ。逸雄さんはよくこういう写真を恭介さんに送ってきた。

恭介さんは、いつもそうするように好意的評価を表す《いいね》のマークと簡単なテキストを送った――写真を見てから送信ボタンを押すまで三秒もかからなかった。逸雄さんだけが友人ではないし、こういうことは日に二回か三回はあったので。

しかし逸雄さんは、翌日、あっけなく此の世を去った。

勤めていた会社でミーティングの最中に急に意識を失い、そのまま帰らぬ人となったということだ。脳梗塞《のうこうそく》による突然死。まだ四〇代。恭介さんと同世代だ。

ちょうど初盆の時期だったので、告別式の後すぐに一週間のお盆休みに入った。恭介さんは独り身で、この休みは実家に顔を出す以外、特に予定を立てていなかった。

なんとなく、ふと、逸雄さんから先日送られてきた写真が頭に浮かんだ。同じ場所を訪ねて、彼を偲《しの》んでみてもいいかもしれない。そう思いついた。

そこで、地名を確かめるために、逸雄さんのメッセンジャーで件の写真を見てみたら、この前は気づかなかった異様なものが目に入った。

初めは車の窓に空の雲が映っているのかと思ったが、違った。巨大な白い顔がフロントガラスの表面に浮き出していたのだ。

それが、鬼のような恐ろしい形相で逸雄さんを睨みつけている。

背筋が冷たくなったそのとき、軽快な着信音と共に、写真の下に《いいね》のマークが表示された。

恭介さんは、逸雄さんが自画撮りしたその場所には行かないことにした。

第五三話　悪戯っ子の線

ごく最近、有馬菜摘さんは辞令を受けて転勤した。

独身で扶養家族もなく、土地への思い入れも強くなかったから、引っ越すことに異存はない。住まいも社宅で構わないと思っていたし、現に今まで社宅のアパート住まいだった。しかし新しく赴任する場所には集合住宅タイプの社宅がなく、代わりに会社が中古の一戸建て住宅を借り上げてくれるのだという。

菜摘さんは喜んだ。そろそろ中年と呼ばれる年齢に差し掛かり、一戸建ての主に（厳密に言えば違うにせよ）なってみたいと思っていた。やったー。ラッキー。

しかも、多少ボロ家でもいいと考えていたのに、意外に瀟洒《しょうしゃ》でモダンな家だった。ますますラッキーだ、と、いそいそと家具の配置などを決め、インテリアを整えはじめたところ、壁に細い線が引かれていることに気がついた。

真っ白な壁に、自分の腰ぐらいの高さで横に線が描かれている。おおまかに言って水平に、所々フニャフニャと不規則に波打ちながら、廊下から、リビング、ダイニングキッチンへと、線は一本に繋がっている。

指で擦ると薄くなった。どうやら軟らかめの鉛筆で引いたようだ。

会社に報告を上げるほどではないと判断して、せっせと消しゴムで擦って回ると、一五分ほどで綺麗になった。

しかし仕事から帰ってきたら、再び線が復活していた。

線が引かれた壁を呆然と眺めていると、何かが、すぐ後ろを笑いながら駆け抜けていった。

四、五歳か、それとも六、七歳ぐらいにはなっているのだろうか……。子どもがいない菜摘さんにはよくわからないが、幼い男の子の無邪気な笑顔と裸足で走りまわる二本の脚が頭に浮かんだ。

菜摘さんは再び消しゴムを持ってきて、丁寧に鉛筆の線を消した。

朝になると案の定、線が復活していた。明け方、夢うつつに子どもの声が聞こえたような気もした。悪戯っ子め、と、菜摘さんは苦笑いした。

どうも、あんまり怖くない。子どもが鉛筆を握って、壁にシューッと線を引いて走る姿が思い浮かぶではないか。

それからも菜摘さんはときどき線に消しゴムをかけているが、この線が再び現れなくなったら寂しくなるだろうと思わなくもないのだという。

第五四話　ケアハウス

介護士の有村秋実さんが勤めているケアハウスでは、心霊現象があまりにも頻繁に起きるため、スタッフ全員、ちょっとやそっとのことでは動じないのだという。

怖がるのは新参者だけで、秋実さんも最初のひと月ほどは震えあがったり悲鳴をあげたりしていたが、間もなく慣れて、幽霊如《ごと》きでは驚かない精神的逞《たくま》しさを身につけた。

秋実さんのケアハウスは二四時間対応だから、シフトにより夜間から早朝に勤務することもある――そのときは食堂のサチコさんに会える。

サチコさんは、早朝四時に食堂の決まったテーブルに着席して、静かに朝食を待っているのだ。亡くなった翌朝から毎日欠かさず現れているが、なぜか入所者が朝食を食べる時刻になると消えてしまう。生前も、明け方の暗いうちから食堂で朝食を待っていたのだという。

ナースコールが鳴った部屋に飛んでいったら誰もいない――これもよくあること。

介護士の詰め所で待機していると、ときどき入居者がナースコールを鳴らす。

詰め所の壁にボード型のナースコール親機が設置されており、呼び出し音が鳴ると同時に該当する入居者のタグが点灯する。誰も入居していない部屋から呼び出されても、一応、確認しに行かねばならないのだが。

「とっくにお亡くなりになっている方には何もしてあげられませんからねぇ。今は空きになっているとわかっている所から呼び出されたときの虚しさときたら、たまりません」

　このところ、昼間に男子トイレのナースコールが鳴らされることも多いのだという。

「行っても誰もいませんけどね。トイレで具合が悪くなる方は珍しくないので、こっちは大急ぎで駆けつけるわけですが、いません。どの個室か特定できているけれど、万が一ということもあるから無視はできません」


　さまざまな人をインタビューしていると、頻繁に自分の無知を思い知らされる。ケアハウスについても、今回あらためて学ばせてもらった。

　――ケアハウスとは社会福祉法人や地方自治体などが運営する福祉施設《軽費老人ホームC型》の俗称。家族などと同居することが困難な六〇歳以上の高齢者が低料金で利用できる。重度の要介護状態になっても利用可能な介護型ケアハウスもある――等々。

　近頃はケアハウスで看取られる人が増えているそうだ。

　入れ替わり立ち替わり多くの人々が終の棲家とする所が彼の世と此の世の境界にあるのは、少しも意外なことではない。

第五五話　逆十字の家

五年前までニュージーランドのオークランドという町に住んでいた福元勲さんの話。

親交があったDさん一家がオークランド市内で引っ越したところ、新しい家に、目深にフードを被った一五、六の少年が出没すると言って悩んでいた。あるときなど、Dさんの真後ろに立っていたこともあるのだという。

Dさんとその家族は非常に気味悪がり、キリスト教徒であるせいか「あれは悪魔か死神だ」と言って恐れているようすだった。フードを被った姿がタロットカードなどに描かれる死神の姿を彷彿《ほうふつ》させるのだろうか。

勲さんは、いわゆるパーカーを着てフードを被った平凡な少年を想像して、地縛霊なのではないかと思ったので、文化の違いを感じた。

引っ越しからしばらく経つと、Dさんが、今度は「逆十字（inverted Latin cross）」がメインダイニングの床に出現すると言いだした。

面白そうなので見せてもらいに行ったら、特定の時刻にならないと現れない、もうすぐだから待っていろと言われた。

そこで待ち構えていたところ、黄昏時、床に十字架の影が落ちた。そのような影を作りそうな窓や柵などが無いのに、忽然と床に影が映り、それが室内から見れば逆十字なので、これはたいへん不思議な現象だと思った。

しかし、そもそも逆十字は聖ペテロがイエスキリストに対する謙譲の意を表すため、敢えて逆さまの十字架で徒刑されることを望んだという故事にちなんでいる。正式には The Cross of Saint Peter もしくは Petrine Cross と呼ばれ、カトリック教会では「イエスキリストと比べれば無価値な私」ひいては「謙虚さ」の象徴であるとされているのだ。

怖がる必要があるのだろうか？

もっとも現代では、英国のオカルティスト、アレイスター・クロウリーが唱えた説――逆十字は神の恩寵に対する反抗と離脱の象徴だ――の方が、本来の見方よりも世界的に優勢だ。だから悪魔崇拝者や偽悪主義的なメタルバンドに逆十字は人気がある。

Dさん一家も、ここは悪魔崇拝主義者たちの残忍な儀式が行われていた家であり、召喚された悪魔が今も徘徊しているのだと信じ込んで怯えていた。彼らは間もなく、別の家に引っ越してしまった。

本当は、フードつきパーカーを愛用していた平凡な少年の地縛霊がいて、亡くなった刻限か何かにカトリックの神聖なシンボルが顕現していたのかもしれないわけだが。

第五六話　個室の独り言

トイレの個室に入っているときに、隣から独り言が聞こえてくるのは厭なものである。

昔、雑居ビルの女子トイレに入ったら、隣の個室からブツブツ呟いている声が壁越しに聞こえてきたことがある。何を言っているか聞き取れないので、よけいに気味悪く感じた。

しかも、日を置いて次に行ってみると、その個室に使用禁止の貼り紙がしてあったために、いろんな怖い妄想が止まらなくなった。

独りで呟いていた人は、あの直後にそこで自殺したのではないか、とか。

あのときはすでに死んでいて、幽霊が呟いていたのではないか、とか。

……しかし、こういうのはただの妄想だから、奇譚のうちに入らない。

青森県の三上佳乃さんは、去年の一〇月、某市民センターの女子トイレで、本当に奇妙な体験をした。

夕方の四時に、佳乃さんが参加している市民講座が終わり、帰る前にトイレを済ませておこうと思いついた。もう階段を下りかけていたのだが、出入り口のある一階ロビーの奥に女子トイレがあったような気がした。行ってみると、確かに女子トイレはあった。

しかしドアを開けてみると、まったく人気《ひとけ》がなく、もうすぐ閉館の時刻なのに、床も洗面台も乾いていて、長時間、誰も使った形跡がなかった。

あまり利用者がいないのだろうか……。個室が四つある普通の共用トイレだが、造りが古く、トイレ用除菌洗剤の匂いが染みついている。照明が足りず、なんとなく薄暗い。

これは確かに好んで入りたいトイレじゃないな、と、考えながら個室で用を足しはじめたら、上から声が降ってきた。

「あんモキをBしなラさしCラッぱだンダきょすムすダじなグッZせぞォ……」

左右の個室との隔壁と天井の間に隙間がある。が、見回しても誰かが覗いているわけでもない。ただ、声だけが落ちてくる。そのうち、どうも右の――いちばん奥の個室の方から聞こえてくるような感じがしてきた。

「……バナぁYごりナらPラッぷんパJのぅ」

日本語的な抑揚があるが意味不明。発音は明瞭で、呟きというよりナレーションのように語っているという印象だ。外国語だろうか。韓国語とも中国語とも違うようだが。

佳乃さんは急いで用を済ませると、右の方に注意しながら個室から出た。頭の変な人が右の方の個室から飛び出してこないとも限らない。そう思って用心していたのだが。

右だけではなく、左の個室もその隣も、空いていた。

洗面台で手を洗っている人もおらず、いつの間にか声も聞こえなくなっていた。

第五七話　蛾の目

春先のある昼下がり、原稿を書いていたら、ふと手もとで影が動いた。反射的に窓の方を振り向くと、カーテン越しに大きな蛾《が》のシルエットが見えた。

カーテンを開けたら、翅に蛇の目の紋を背負った蛾が網戸にとまっていた。

しかし、まったく動かない。

気味が悪いのを我慢しながらよくよく見れば、蛾のいる辺りだけ網戸が三角形に裂けて、尖ったところに蛾の腹が突き刺さっていた。さらに観察すると、蛾は背側を室内に向けていた。完全に死んでいる。百舌《もず》の速贄《はやにえ》だろうか。

百舌という鳥には、獲物を尖ったところに突き刺しておく習性がある。

でも、「百舌の速贄」は秋の季語だ。ずいぶん季節外れではないか。

それに、鳥が飛んで来たら羽音でわかるだろう。蛾が自分で飛んできたにしては、背側をこちらに向けているのが不自然だ。

ここは建物の五階だから誰かの悪戯《いたずら》というのも考えづらい。

だんだん怖くなってきたので、気分転換しようと思って散歩に出た。が、いくらも歩かないうちに目の前を翅に目玉模様のある蛾が飛びはじめた。

角で道を曲がっても、前に回り込んでくる。ゾッとして逃げ帰った。窓に磔《はりつけ》になった蛾は蛇の目の紋ごとまだそのままだった。

翌朝、窓の蛾を夫に取り除いてもらうまで、誰かに見張られているようで怖かった。

第五八話　愚門和尚（前）

鹿児島県の橋口要一・佳那子ご夫妻は、熟年以降、共通の趣味である郷土史研究に打ち込み、鹿児島県内を中心に方々の旧跡を訪れてきた。そんな中で、ある秋の午後、鹿児島市吉野町《よしのちょう》の《月船寺跡《げっせんじあと》》を夫婦で探訪したところ、そこで佳那子さんが撮影した写真に奇妙な男の顔が写っていたのだという。

吉野町の《月船寺跡》は、同寺の再興の祖と讃えられた愚門和尚《ぐもんおしょう》が入定した洞窟があることで郷土史家の間ではよく知られている。しかし、《平成五年八月豪雨》――鹿児島県を襲った一九九三年八月初旬の集中豪雨――による土砂崩れで被害を受けた後、長らく復旧されずに放置され、肝心の洞窟は埋もれている。

幸い、佳那子さんたちは、夫婦で参加している郷土史研究サークルで、《月船寺跡》には洞窟だけではなく愚門和尚の石仏もあることを教えてもらっていた。

それでも探し当てるのに苦労したが、やがて石仏を見つけたので、要一さんが携帯電話で、佳那子さんが使い捨てカメラで、それぞれ写真を撮った。

要一さんが撮影した画像データには、なんら不思議なところが見受けられなかった。

しかし佳那子さんが撮った写真をフィルムから紙焼きに起こしたところ、石仏近くに生えている巨木の根が絡み合った中に、愚門和尚の石仏そっくりな顔が写っていたのだ。

件の石仏は仏像的な抽象化がほとんど成されておらず、恐らく愚門和尚の面影を写し取ったものだと推測される。

そしてそれは、眉弓骨《びきゅうこつ》が高く突き出し、鼻柱がしっかりした、厳めしい壮年の男性像なわけだが……。似たような顔が、木の根の間から、こちらを覗いていたのである。


「石像の愚門さんに似てると思いません？」と私に写真を見せながら佳那子さんが訊ねた。

「ええ。かなり似ていますね。この写真は佳那子さんが撮ったものなんですよね？」

「はい。でも、それは紙焼きしたものを自分のスマホで撮影したもので、元の紙焼きはこちらです。変化していることがわかりますか？」

二枚の写真は、基本的に同じものだ。

しかし、元の紙焼き写真の愚門和尚（？）の顔はそこだけ白黒写真を貼ったように色彩に乏しいけれど、スマホでそれを写した画像データでは、顔は生きている人のような肌色に、唇はほのかに赤く、色づいているのだった。

……まるで心霊写真のようだ。いや、心霊写真にしか見えない。

しかし、悟りを開いて即身仏になった高僧が、此の世に迷い出るのは拙いのでは。

第五九話　愚門和尚（後）

鹿児島県の橋口佳那子さんは、《月船寺跡》で撮れた、愚門和尚らしき人の顔が写った写真を、郷土史研究サークルの講師に見せた。そして、確かにこれが石仏の愚門和尚に酷似していることと、写真に写っている周囲の景色から推して、この顔が写っている場所の下に愚門和尚が入定した洞窟があるはずだという言葉を貰った。

「愚門さんは大変立派なお坊さんだったから、この写真は私にとって悪いものじゃなく、むしろ良いものだと思うとも言っていただいたんですよ」

そういう考え方もあるのかと私は感心した。佳那子さんも嬉しそうだ。

明治政府が王政復古・祭政一致を掲げて煽動した廃仏毀釈《はいぶつきしゃく》運動は、ほとんどの地方に於いて適当にいなされたが、鹿児島藩だけは例外で、明治元年に神仏分離令が出されるや、明治初年からの数年間で、藩内から寺と僧侶が一掃されてしまった。

鹿児島市吉野町の大磯山・月船寺も他の寺と同様に明治二年に廃寺となり、現在は半ば埋没した遺構《月船寺跡》を残すばかりである。

月船寺には、愚門和尚という僧侶がいた。一七〇一年（元禄一四年）に住職に就くと寺の経営を立て直したことで再興の功労者として尊敬を集めたが、僧としても修学に熱心で、江戸時代後期に薩摩藩が編纂《へんさん》した『三国名勝図会』には《極めて霊験ある僧》と記されている。

この『三国名勝図会《さんごくめいしょうずえ》』の《大磯山月船寺》の項は、半分以上が愚門和尚についての記述で占められており、入定の経緯についても以下のように書かれている。

《……自ら誓う所あり、予め寺の西に洞窟を設け、享保十三年戊申二月二十八日、この洞窟に入定し、磬を鳴すこと七日、三月四日磬音絶ゆ、これを以て其遷化を知る。洞口に石塔あり、洞上に愚門の石像を安置せり……》

二七年間住職を務めた末に一七二八年（享保一三年）、即身成仏したわけである。

磬は「けい」または「きん」と読む。銅または鉄製の仏教楽器で、お碗型の本体に打棒が一本付属している。本体の縁を打棒で叩くと、ピーンと澄んだ音色を響かせる。

洞窟で独り、七日間もかかってじわりじわりと死の淵へ向かう苦しさは想像を絶するが、後世の傍観者としては、磬音の美しさに若干心が慰められるような気がする。

――即身成仏した高僧の霊が現世に迷い出たのだとしたら。

もしかすると、愚門和尚は《月船寺跡》の荒れ果てた現在を嘆いているのかもしれない。

せっかく再興した寺が、今は入定した洞窟の所在も定かでなくなるほど惨憺たるようすになっているわけで、お気の毒なことである。

第六〇話　乗ってきた者たち

一五年ほど前のこと。橋口要一さん・佳那子さんご夫妻は、中古の軽自動車を購入した。新車と見紛うほど状態の良い車が安く手に入ったと夫婦で喜んでいたが、自宅に納車されてみると、助手席側の窓に掌の跡が一つ捺されていて、嬉しい気持ちに水を差された。たいへん指が長くて全体に大きく、要一さんのでも佳那子さんのでもない、知らない誰かの手形だ。

大人の手によるものだから、佳那子さんは、家に納車されるまでの間に中古車販売店の従業員が触って汚したに決まっていると考えた。

しかし要一さんは違った。手形を見た途端、顔を引き攣らせて、「万一、拭いて消した後に再び浮き出してきたら厭だから、このままにしておきたい」と佳代子さんに頼んだのである。

変なことを言うものだと佳那子さんは呆れた。皮脂の汚れが「消した後に再び浮き出して」くるわけがないではないか。

しかし要一さんは真剣だった。そして、かつて彼の親戚が体験した中古車の祟りについてのエピソード（※次項に紹介）を佳那子さんに話した。

佳那子さんはそれでも、こんな汚れはさっさと拭いてしまうに限ると思ったが、つまらないことで夫と揉めるのも下らないと考えて、好きにさせておくことにした。

そこで、しばらくの間は手形が捺されたまま、夫婦でその車を使った。要一さんが乗らないときは、佳那子さんが利用した。夫婦で一緒に乗ることもあった。

二、三週間は、手形があること以外、何も変わったことがなかった。だが、ある日突然、要一さんが再びおかしなことを言いはじめた。

「乗ろうとして車に近づいたとき、座席の上で黒い影がサッと動くのを見た」

「こないだ夜中に運転していたら、左肩をトントンと軽く叩かれた」

今まで口に出すのを我慢していたが、ついに堪え切れなくなって打ち明けた――如何にもそんな感じの、酷く余裕のない態度で言い募る。佳那子さんが驚いていると、

「手形がリアウィンドウにも現れたんだ」

と、要一さんは呟いた。

佳那子さんはすぐにカーポートに確かめに行った。見れば本当に新しい手形が捺されている。しかも今度は紅葉のような小さな左右の掌の跡だ。幼い子どもが後ろ向きに膝立ちして両手をガラスに張りつけているようすが目に浮かぶような……。

戦慄を覚えた途端、手形がベタベタと内側から捺されて、増えた。

第六話　女の首

橋口要一さんは南の離島出身だ。その島の人たちは、さまざまな用事でよく沖縄本島に出向く。一九七二年の夏のこと、建設業に従事している彼の親戚が、返還直後の沖縄で仕事を請け負った。しばらく沖縄本島にいることになったので、滞在中に乗るために中古車販売店で車を買うことにした。

安ければ何でもいいと考えていたが、とても綺麗な日産のセドリックがたった一万円で売られていたので驚き、即決で購入した。

日産のセドリックは、二〇〇四年まで販売されていた高級セダンだ。しかもこれは前年に発売されたばかりの新型で、国産初の４ドアハードトップモデルが注目され、当時とても評判がいい車種だったのだ。それがなんと、一万円。

一九七二年の自家用車の価格表を見てみると、国産の新車で五〇万円～一五〇万円前後もしたから、人気の新型車を一万円で手に入れたときの喜びは想像に難くない。

彼はさっそく同僚を二人誘ってドライブに出掛けた。最初は良かった。同僚たちは盛んに彼を羨ましがり、鼻高々で楽しく運転していたのだが……。

途中、何の気なしにルームミラーを見たら、後部座席の手前に、若い女性の頭部が宙にプカリと浮かんでいた。

慌てて目をこすり、もう一度ルームミラーを見返しても、やはり見える。

蒼白な顔をして目を瞑っている。長い髪が首の切り口よりも下の方まで垂れていた。

生首。そう彼は認識するや悲鳴をあげて車を停車させた。「どうしたんだ？」と口々に訊く同僚たちに、女の首が……かくかくしかじかと説明した。が、信じてもらえない。

「じゃあ自分で見てみろ！」「そんなものがあってたまるか。見てやるよ！」とたちまち売り言葉に買い言葉。座席を交替してルームミラーを見せた。

「ギャッ」「うひゃあ！」――二人にも女の首が見えてしまった。

妙に安く売られていたことも、こうなってみると非常に怪しい。中古車店に車を突っ返しに行き、ついでに三人がかりで店主を詰問して、車の来歴を白状させた。

中古車店の店主が渋々語ったことによると、このセドリックからは頭部が無い女性の遺体が発見されていたのだった。

窓から頭を外に出して走行していて何かにぶつかり、首のところから千切れてしまって、発見時には首無し遺体が運転席に座っていた。深夜、寂しい場所での事故で目撃者もなく、その後、頭がどうしても見つからなかった。

――要一さんは、中学生のときに親戚から聞いたこの話が忘れられないのだという。

第六二話　霧（上）

　東京都内でタトゥースタジオを営んでいる彫師の東野正司さんは、一昨年の七月、妻と後輩彫師を伴って心霊スポット巡りをした。

　帰りが遅くなったときのことを考えて自分の実家がある長野県を目的地に選び、車にガソリンを入れ、事前に行く所を決めるなど、前夜までに準備万端整えた。

　心霊スポット巡りは正司さんの趣味で、妻は同好の士、後輩については巻き込んだことが再三あって今回も厭とは言わせない。要するにこういうことは初めてではなく、何ら問題なく済むはずだった。

　まずは正午前後に軽井沢大橋を訪れた。自殺の名所だった経緯から橋の柵に有刺鉄線が張り巡らされており、実に殺伐とした雰囲気を醸し出していた……が、それだけだった。幽霊が出そうな気配がこれっぽっちもなく、落胆しつつ三人は次の場所へ向かった。

　ところがそこも〝不作〟であった。いや、別に幽霊を収穫しているわけではないが、とにかく全然、出ない。

　ついに予定していたスポットは一ヶ所を残すのみとなり、「今度こそ！」と意気込んで現場へ向かった。

次は火葬場跡で、正司さんもまだ一度も行ったことのない所だったが、どこかで写真を見たことがあり、住所もわかっていた。後輩に車を運転してもらい、スマホの地図アプリに住所を打ち込む。

——途端に自分たちの位置を表すマークが画面狭しと暴れまわりはじめた。

「先輩、やめましょうよぉ」と、正司さんのスマホを見た後輩が情けない声をあげた。

「こういうときこそ行かなくちゃ！　今ならきっと何か見えるぞ！」

結局、問題の火葬場跡に到着したときには、とっぷり日が暮れていた。意地でも行くぞと道路標識を頼りに進んだが、途中でだいぶ道に迷ったからだ。

「来るなと警告されてるみたい」と妻も怖気づいたようすだった。しかし、それでかえって引っ込みがつかなくなり、とうとう来てしまったわけだが。

「正司、なんか白い煙が建物から出てきたんだけど！　ヤバくない？」

妻に指差されるまでもなく、正司さんもそれを見ていた。到着を待ち構えていたかのように、車から三人が降りた直後に、火葬場の正面入り口から濃密な霧のようなものが湧き出て、見る間に膨れあがったのだ。

霧の奥に何かが無数に蠢いている。

正司さんは意固地になったことを後悔した。

第六三話　霧（下）

スティーブン・キングの中編ホラー小説『霧』は再三映画化されており、心霊スポット巡りだけでなく怖いもの全般が大好きな東野正司さんは、当然、映画も原作も知っていた。

同作品では、霧の中からモンスターがうじゃうじゃと現れて人々を襲うのである。

まさか自分が同じような目に遭うとは――と、彼は長野の火葬場跡から逃げる車の後部座席で思った。隣に妻が、運転席には後輩がいる。二人とも怯えた表情だ。

「きゃあ！　窓に手が！　霧の中から子どもの手が！」

妻が悲鳴をあげた。霧は逃げる車とほとんど同じスピードで追いすがってくる。白く霞むその奥に怪しい影が幾つも揺らめき、時折、車の窓に手を伸ばしてきた。

「大勢追いかけてきてる！　もっとスピード出せよ！　急げ！」

ヒエェと悲鳴をあげながら後輩がアクセルを踏む。映画ならここで事故を起こして三人ともモンスターの餌食になるところだ。

しかし現実にはそうはならず、うまく霧をまいて逃げることが出来た。

当初は長野県内の正司さんの実家に泊まることを想定していたが、霧の本拠地から近いので危険な気がして、東京の正司さんたちのアパートまで引き揚げた。

アパートの部屋では、正司さんと妻が可愛がっている猫が「フゥーッ」と威嚇《いかく》しながら彼らを出迎えた。

「先輩んちの猫、いつもこんなに不機嫌なんですか？」

「違うよ。どうしちゃったんだ？」

ふだんは甘えん坊の猫である。それが、撫でようとすると飛び退って全身の毛を逆立て、離れたところでシューシューと怒り狂っている。奇妙だ。

「まさか、さっきのアレがついてきていないだろうなぁ」

そう正司さんが言った途端、アパートの外で何かを強く叩いたような音がした。

今さっき車を停めたアパートの脇の駐車場から聞こえてきたように正司さんは思い、厭な予感を覚えながら窓を開けて駐車場の方を見た。

バーン！　バキバキ！　ドシャーン！　バリバリ！

怒りに任せて車を破壊しているとしか思えない音がしていた。金属バットや鉄パイプを手にした暴徒の群れが彼の車を叩き壊そうとしている、そんな場面が想像できた。

だが駐車場には人影はなく、ただ音だけが響き渡っていた。

――朝になって見に行くと、車は昨夜の音に反して無傷だった。

ただし、ボディといい窓といい、大小の白っぽい手形で埋めつくされていたのだが。

第六四話　赤鬼

埼玉県の中央部を西から東に抜けて東京に至る一級河川・荒川は、「荒ぶる川」がその名の由来であると伝えられ、過去幾度となく氾濫を繰り返してきた。ここにボート競技場が出来たのは一九四〇年のこと。当初は同年に予定されていた東京オリンピックのボート競技会場を設営するためだったが、治水対策も兼ねていたので、日中事変を受けて五輪開催が中止になっても、漕艇場《そうていじょう》は竣工された。

月日が経ち、この漕艇場は長さ二四〇〇メートル、幅九〇メートル、水深二・五メートルの規模を誇る国内最大の人工静水コースとして、今もボートやカヌーの練習や競技に活用されている（各数値は「戸田市まちづくり戦略会議」に準拠）。水辺には各大学や実業団の競艇チームの艇庫が並び、水上競技の公認レースも盛んに開催されているようだ。

さて、とある春の早朝のこと。ここに艇庫を構える某大学ボート部の部員数十名が水路の端の方で練習を開始した。すると、始めて間もなく、先頭で漕いでいた部員が、五〇メートルほど離れた水路の中ほどに真っ赤なボールが浮いているのを見つけた。

一見、大きな浮き球のようだった。漕艇場に浮き球は無いから、何かの調査のための目印だろうか。それともボールが飛んできて水にはまったのだろうか。

すぐに部員全員に情報が伝わり、岸辺に残っていた連中まで赤い球を指差して話し合っていたところへ、自転車で巡回パトロールしていた警察官が差し掛かった。

警察官は「どうしました？」と部員たちに訊ねた。

「あそこにある変な球は調査か何かの目印なのですか？　練習の邪魔になりそうです」

「調査なんて聞いていない。あんなものがあると他の利用者も不便をするだろう。ボートで寄っていってあの球を引き揚げてはもらえないだろうか？」

警察官の頼みを受けて、部員たちは一艘のボートを駆って、赤い球に接近した。

そばで見ると、何か有機的な質感で、たいそう不気味なしろものだった。しかし文字通り乗りかかった船だからして、恐る恐る手を掛けた。

「死なせてください」

手が触れた途端、弾かれたように球と見えていたものが飛びあがって口をきいた。

それは肌を真っ赤に火照らせた全裸の女性だった。球と見えたのは背中の一部。入水自殺を試みたが、真水に凍えて苦悶した挙句、半狂乱で脱衣したとのこと。

「赤鬼が生き返ったかと思って驚いた」とは警察官の弁。

腐乱して皮膚が剥けた遺体を赤鬼と呼ぶ警察関係者は多い。

生きていた赤鬼――彼女は救急搬送され、辛くも命を取り留めたようである。

第六五話　白鬼

前項の《赤鬼》に登場した漕艇場に艇庫がある某大学ボート部にかつて在籍していた小野豊さんの話。

三〇年ほど前のことになるが、豊さんはボート部の部員として艇庫に付設した合宿所に寝泊まりしていた。大学二年の七月頃、夜、同じ部の仲間・Fさんと最寄の駅から合宿所に帰ろうとしていたときのことだ。

それまでは冗談を飛ばしてじゃれ合いながら隣を歩いていたFさんが、合宿所まであとわずかというところで、急に黙り込んだ。

「どうしたの？　なんで急に無言になるんだよ？」

「小野、後ろにいる女を見てみろ。ヤバいぞ。俺たちについてきてる」

豊さんはニヤニヤして「女だってぇ？」と背後を振り返った。合コンで一緒になる女子大生のようなものを想定していたのだが、見れば、一〇メートルくらい後ろに、白いドレスに白いハイヒール、長い二本のお下げ髪に幅広の白いリボンを結んだ二五、六歳ぐらいの女性がいた。ドレスはゴテゴテとフリルがついた前時代的なデザインで、おまけに白づくめ。周囲には川と公園と漕艇場があるばかり。時刻は夜の一〇時頃だった。

Fさんは「絶対ヤベェって。俺、走るわ！」と呟くなり脱兎《だっと》のごとく駆けだした。すると、なんとしたことか後ろの白い女が走ってくるではないか。

キャッと叫んで豊さんも猛ダッシュでFさんを追って走りだす――途中で振り向くと恐ろしいことに女が後ろにピッタリとついてきていたので、三人で一気に漕艇場まで駆け抜けることになった。

漕艇場に着いても白い女は執念深くついてきた。

「キャハハ」と笑いながらハイヒールで走ってくるのだ。怖い。豊さんとFさんはかろうじて大学の艇庫に逃げ込むと、女の鼻先でシャッターを下ろした。

これでもう安心だと思ったのだが。

「キャハハハハハハハッ！」

箍《たが》が外れたような笑い声をあげつつ、重い鉄製シャッターを暖簾《のれん》か何かのように軽々と開けて、女が中に入ってきた。豊さんに狙いを定めると、両手を前に伸ばして迫ってくる。

Fさんは外に逃げ、豊さんは咄嗟《とっさ》にそばにあったデッキブラシを手に取った。無我夢中で振り回していたら、パリーンと電球が割れる音がして真っ暗闇に包まれた。

暗闇で息を殺してうずくまっていると、やがて女の笑い声が遠ざかっていった。合宿所に帰ったら、薄情者のFさんが蒲団を引っ被ってガタガタ震えていたということだ。

第六六話　青鬼

水死体は、腐敗するに従って青赤黒の順で色が変わるため、青鬼・赤鬼・黒鬼という呼び方をされるときがある。法医学者で元東京都監察医務院長の上野正彦《うえのまさひこ》は著書『自殺死体の叫び』で《土左衛門（水死体）が赤鬼、青鬼のモデルだろう》と書いた。業界用語辞典では、警察用語で赤鬼は腐乱死体、青鬼は水死体とされていた。

私は青鬼を見たことがある。二二、三歳のとき、タイのプーケット島で浜辺に倒れている人があり、仲間と近づいてみたら水死体だった。肌がやけに青みがかってブヨブヨと肥っており、見つけたときは色素が極端に薄い巨体の持ち主が砂浜で寝ているのだと思ったが、実は死後経過に従って青く変色した白人男性の死体であった。

神奈川県鎌倉市の高田正子さんは、二〇歳の夏に青鬼に遭ってしまったのだという。

正子さんはそのとき、高校時代の同級生三人と七里ヶ浜《しちりがはま》で遊んでいた。市内の海水浴場の中では由比ヶ浜が最も遊泳に適しており、七里ヶ浜は海底に尖った岩や小石が多く、気軽な水遊びに適しているとは言い難い。だが、だからこそ比較的空いていて、正子さんたち地元民はそこを狙って集ったわけである。

正子さんと同級生らは海辺で育ち、今さら海水浴がしたいわけではなかった。水着で日焼けを楽しみながら、覚えたてのビールを飲めれば、それでよかった。

やがて正子さんは酷く汗を掻いたので、ちょっとサッパリしたくなった。そこで、靴を履いたままひとりで海に入った。

靴は怪我防止のためだ。昔、ここで遊んでいて岩で足の裏を切ったことがあった。あのときは痛くて引っくり返った拍子に溺れかけたっけ……と、思い出しながら、海水を両手すくって顔を洗っていたら、長い髪の毛が鼻の上に張りついた。

自分の髪かと思いつつ摘まんで取り除く。が、見れば真っ黒な直毛だ。

正子さんは髪を茶色に染めてパーマをかけている。ゾクリと鳥肌が立った、ちょうどその瞬間、水色の手が海から突き出して自分の胸もとに触ろうとしていることに気がついた。

掴みかかってきた、と思った——正子さんは泣き喚《わめ》きながら両手を振り回していたところを、救助に来たライフセーバーによってライフセーバーにロングボードの上に引き揚げられたのだという。

ライフセーバーによって水死体も発見され、後に正子さんはあの手の主は死後二日以上経っていたと知ることになった。しかし今でも信じられず、私と話したときにも「青かったけど、動いてたのに」と首を傾げていた。

第六七話　黒鬼

警察などで使われている死体を指す用語では、骨になる前の完全に腐り切った死体を黒鬼と呼ぶそうだ。黒鬼が最も臭いと言われている。

東京都新宿区の某シティホテルは新宿駅から徒歩八分、東京都庁からもほど近い立地と現代的で洗練された設備を誇るが、一〇数年前から、幽霊が出るという噂がある。

地方在住の公務員、師角匡恵さんは、六年前、とある学術会議と研修会に参加するためにここに一週間滞在した。幽霊の噂は知らなかった。旅行ガイドブックを見ながらホテルに電話して空室を問い合わせたところ、「シングルのお部屋に一室だけ空きがあるのですが構いませんか?」と訊かれ、そのときは変とも思わず予約した。

しかし、宿泊初日、夜、ベッドに横たわると、嗅いだことのない種類の悪臭が鼻先に漂ってきた。

疲れていたので、そのときは蒲団で鼻を覆って眠ってしまった。

ところが二日目の夜も厭な臭いを感じた。

三日目も、寝ようとしたら臭いはじめた。

匡恵さんは大人しい性格で、何事につけ、クレームをつけるのが苦手だった。だから今回も我慢してしまおうと思ったが、どうにも寝つけない。

悪臭のせいだけではなく、三夜ともベッドに入った途端に臭ってくるというのが不思議でもあった。しかも、同じ方向から臭いが漂ってくるような気がする。

そこで、ベッドに入ったまま臭いの水脈を目で辿ると、ベッドの足もとに黒い大型のスーツケースがあった。

自分のスーツケースではない。しかも奇妙なことに、それは人の気配を纏《まと》っている。怖かったが、夢に違いないと思ってその夜は強引に眠った。翌朝、部屋を替えてもらいたいとフロントに願い出たところ、空室が出たということで、別の部屋に移れた。

その後、このホテルに出る幽霊の噂と原因と思しき事件の情報をネット掲示板で見つけて納得した——匡恵さんが最初に泊まったのは、過去に、スーツケースに入った腐乱死体が発見されたことがある部屋だったのだ。

悪臭で事件が発覚した経緯も書かれていた。

ちなみに最近ここは大規模な改装工事が施されて、全室リニューアルオープンした。

第六八話　変わった客

《はじめまして。川奈先生、突然申し訳ございません。お話しできる人が先生しかおらず、DMいたしました。

私は週末だけ店舗型の風俗店でバイトしている二六歳の派遣社員です。

私の店は夜這い設定で、女の子はアイマスクをしてベッドでお客さまをお待ちします。お客さまとお風呂に入るときや、アイマスクを外してほしいとお客さまが希望されたときは、アイマスク無しでもいいことになっています。

そういう店に、先週の土曜日午前八時、口開け（最初）のお客さまが来て、一時間のコースを所望されました。初対面なのに本使命（名指しで指名すること）でした。

たいがいのお客さまは、プレイの前に、ガラス越しに私を眺めながらシャワーを浴びます。その人もそうしようとされました。でもお湯の出が悪くて、「ちょっと見てくれ」とバスルームから私を呼んだので、私は咄嗟にアイマスクを外して駆けつけて……つまり、嬢みずから、夜這い設定を台無しにしてしまったわけです。

だけど、このお客さまは不機嫌にならなくて、とっても紳士的で、かえって恐縮してくださいました。口開けから厭な客だと凹《へこ》むので、そのときはホッとしたものです。

外見は、裸になっても少し個性的な感じでしたけど。お椀みたいなマッシュルームカットの髪型で茶髪、ヒョロッと背が高くて猫背で、年齢は三七、八歳ぐらいでした。

それからベッドに移って、プレイが始まって……。

途中でお客さまが私のアイマスクを優しく外されました。

そうしたら目の前に、さっきの茶髪のお客さまではなくて、後退した生え際から黒髪をオールバックにした五〇過ぎの人がいたんですよ。背が低くて、体型も全然違います。

混乱してしまいましたが、このお客さまも親切な好い人だったので、私はお終いまで何事もなかったかのように振る舞いつづけました。

個室接客の風俗店で部屋の出入りはスタッフが見張っていますから、途中で人が入れ替わったり、こっそり二人で入室したりすることは不可能です。

絶対に見間違いや何かではありません。

ただ、最初にバスルームに呼ばれていったとき、顔に薄くモザイクがかかっているように見えたんです。疲れ目かなぁと思ってスルーしてしまいましたけど、そのときから不思議なことが起きていたんですね、きっと。

あのお客さまは、もしかすると再びいらっしゃるかもしれません。同じようなことがあったら、また報告させてください。今後とも宜しくお願い致します。》

第六九話　霊感実演販売士（弘前にて）

誰しもスーパーマーケットやテレビショッピングで実演販売を見たことがあるだろう。たいへん便利な台所用品や、強力で環境に優しい掃除用洗剤、効能がすばらしい健康茶などを、名調子で説明しながら使ってみせて、客の心を掴む。それを生業とするのが実演販売士で、三宅行彦さんもその一人。彼は九〇年代からプロとして活動しており、呼ばれれば全国各地どこへでも出向いて口上巧みに商品を売ってきた。

つまり、この三〇年近く、行彦さんの日常は旅、住まいはさまざまな町の宿だったと言えなくもない。そんな彼に霊感があり、訪れる先々で幽霊に遭遇するのは、よくある能の筋書き——旅の僧が何処かへ行って幽霊と出逢う——のようで面白い。

行彦さんが三三歳ぐらいの頃のこと。青森県弘前市《ひろさきし》のスーパーマーケットで実演販売をすることになった。マネジメント会社の紹介で、春の週末の二日間、そこの店頭に立つことが決まり、初日の前日に会社の担当者と二人で弘前入りした。

昼のうちにスーパーマーケットで明日から使うブースの準備などを済ませ、夕方、担当者のアテンドで弘前駅前のビジネスホテルにチェックインした。

ホテルの部屋に入ったときには何も変わった気配はなかった。しかし翌朝、目覚まし時計が鳴る前にふと目が覚めて、見れば、ベッドの足もとに女子高生が佇んでいた。

体が透けているわけでも白い死装束を着ているわけでもなく、ブレザーを着てブラウスの衿にリボンを結び、格子柄のスカートを穿いている。うなだれた姿勢と虚ろな表情のせいで生気に欠けているが、ごく普通の高校生だった。

――行彦さんがベッドから飛び起きた途端に、一瞬で消えさえしなければ。

少女の姿を頭の隅にこびりつかせたままその日の仕事を終え、部屋を替えてもらおうと思っていると、行彦さんが言いだす前に、担当者から市内の和風旅館に移ることを提案された。すでに仮予約が済ませてあるとのこと。

なぜ急に……と疑問を感じつつ、ありがたく勧めに従って、案内された旅館に行った。

夜の九時頃、部屋のドアがノックされ、出てみると誰もいなかった。廊下を見回しても人影も無い。首を傾げながらドアを閉めた。すると、すぐに再びノックがあった。

今朝の女子高生が追いかけてきたのだろうか……。

少女と顔を突き合わせる覚悟を固め、思い切ってドアを開けた。

しかし誰もいなかった。

担当者にこのことを話すと、「ついてきちゃいましたか」と残念そうな口ぶりで言った。

第七〇話　霊感実演販売士（岡山にて）

実演販売士の三宅行彦さんの本拠地は岡山県で、岡山市内のホテルに泊まる機会が多い。

岡山市のとあるホテルでは、夜、シャワーを浴びてからベッドでくつろいでいたところ、バスルームから勢いよくシャワーを出す音が聞こえてきた。故障だろうかと思って見に行くと、シャワーなど出ていない。

奇妙だ、と首を傾げた瞬間に、焚火に足を突っ込んだかのような灼熱感が足もとに生じた。大声で叫んで飛び退ったが、火など燃えておらず、部屋の景色には何ら変わったところが見られなかった。

けれども、熱い。暑いのではなく、空気が火傷しそうな熱を帯びているのだ。行彦さんは七転八倒してもがき苦しみ、最後には動けなくなって、床に倒れたまま固まった。

そのときは死をも覚悟したが、少しして、左肩に爽やかな冷気を感じ、やがてそれが全身に広がって、気づけば熱感が消え失せていた。

後日、岡山でタクシー運転手をしている友人にこの話をしたら、そのホテルでは五年前に殺人事件があったのだと教えてくれた。殺されたのは女性で、偶然にも、行彦さんの生まれ故郷と同じ町の出身だった。

岡山市内の別のホテルでは、こんなことがあった。

深夜、部屋でテレビを見ていたら、ドアを強くノックされた。開けてみると誰もいない。

他の宿泊客の悪戯だろうかと思いながら再びテレビを見始めたが、いくらも絶たないうちに、ドンドンと激しく壁を叩くような音がした。

音は次第に大きくなり、ドシンドシンと部屋を外から破壊しかねない叩きっぷりになり、とうとう壁や天井が揺れだした。初めは唖然としていたが、重機でホテルを取り壊しているのではないかと思うほど騒音と揺れが凄まじくなってハッと我に返り、大急ぎで着替えて荷物を持ち、廊下に飛び出した。

途端に、鼓膜が痛くなるほどの静寂に包まれた。

壁や天井が揺れてもいない。

しかし部屋に戻る気にはなれず、そのままチェックアウトして隣のホテルに泊まった。

隣のホテルでは、三年前に宿泊客の遺体がベッドの下で発見されるという事件が起きていたのだが、無事に泊まることが出来た。ここは現在もまだ営業している。

最初に泊まろうとしたホテルは、この直後に潰れて、今は跡地に工場が建っている。

第七二話　霊感実演販売士（静岡から岡山へ）

三宅行彦さんが実演販売士としては駆けだしだった二〇代の終わり頃のこと。

一週間の予定で静岡県の藤枝市《ふじえだし》で仕事をする予定だったのが、二日目に父方の祖母が亡くなったという知らせが入り、三日目以降を他の実演販売士に代わってもらって急いで実家に帰ることになった。

実家は岡山県の田舎だから、藤枝市からは約四時間の行程になる。藤枝駅から東海道本線で静岡駅へ行き、静岡駅からは山陽新幹線。岡山駅から再び在来線に乗り、実家の最寄り駅からはバスで行くのだ。

――なぜか、藤枝駅の改札を通ったあたりから急に涙が溢れ出てきた。

悲しいことは悲しかったが、祖母の享年は八六。寿命というもので、嘆いて泣きむせぶような気分ではなかった。しかし情動とは無関係に、涙腺から滾々《こんこん》と涙が溢れ出す。周囲から奇異の目で見られるし、乗り換えをしても涙が止まらない。

困り果てながら、四時間かけてなんとか実家に辿りついたが、涙はまだ止まる気配すらなかった。

親や親戚に「どうしたの?」と訊かれても答えようがなく、困惑しているうちに通夜の法事が済んだ。具合が悪そうだから早く休めと母親に言われて、夕方から実家の二階で寝ていたら、夜になるにつれて、今度は胸まで痛くなってきた。重い圧迫痛が左右の肺に生じて、息をするのも苦しい。涙も相変わらず流れつづけている。

「おかん、わし胸まで痛うなってきた。死にそうじゃ」

「胸か……。そりゃもしかするとばあちゃんが憑いているのかもしれん。彼の世に引っ張っていかれるとおえんけぇ、すぐに不動院で祓うてもらおう」

母に相談すると、すぐに不動院なる所に連れていかれて霊能者と引き合わされた。お不動さまを祀っているようだが、寺院ではなく普通の民家で、霊能者も一見したところ母の茶飲み友だちのような雰囲気の年輩の女性だった。

夜に突然押しかけたのに厭な顔をせず、行彦さんを一瞥するとすぐ「除霊じゃなぁ。引っ張られかけとる」と言って準備を始めた。行彦さんは止まらない涙と胸の圧迫痛のせいで何も考えられず、とにかく治してほしい一心で、されるがままになった。

仏間に正座させられると、霊能者が前に座って手で空中を切るようなジェスチャーをしつつ真言のようなものを唱えだした。わけがわからなかったが、少しずつ体が楽になり、お終いには胸の痛みも涙も止んだ。

行彦さんの祖母は重い肺水腫だった。初孫の彼を、とても可愛がっていたそうだ。

第七二話　待っている女

三四歳のアパレル会社従業員、小杉冬紀さんは、五年前、大阪支社に配属されていた頃に知り合ったブティックの女性店員に困らされているという。

「アパートに帰ってくると、ドアの右横に立って待っているんです。毎日ですよ！」

冬紀さんは大阪時代に彼女を含めたグループで会食した。その後、彼女から誘われて一回だけ二人だけで飲みに行ったが、深い関係に至ることなく別れた。

「三年前に僕が東京の本社に戻ったとき、これで完全に切れたと思って、彼女の連絡先をスマホから削除しました。するとその直後に突然やってきて……話しかけても黙ってるから、放っておいて玄関に入りかけました。でも、やっぱり追い払おうと思い直して、すぐにドアを開けて廊下に飛び出したら……彼女、どこにもいなかったんですよ！」

逃げる時間の余裕などなく、足音もしなかったのだという。

「自殺でもして、化けて出たのかと……。でも大阪にいる共通の知人に確かめてもらったら、彼女は前のブティックで普通に働いてました。あれが生霊だったとして、本人にやめてって頼んだら、待ち伏せをやめてもらえるのかなぁ。無視してますけど、毎日ですよ？」

第七三話　首なしソルジャー

工藤清さんは某電子機器メーカーの部品倉庫で働くことになった。

専従スタッフは清さんを含む三名のみ。働きはじめてひと月も経ったある日の夕方、先輩二人が近所のラーメン屋に行ってしまい、清さんだけ残された。

ズラズラと並んでいる高い棚の間から、奥の壁沿いの通路が見える。しばらくして清さんは、その通路を右へ歩いていく足を視界の端で捉えた。

足音も耳に入った。ゴム底の靴を履いた自分が立てるわけがない、重くて硬質な音だった。「先輩？」と一応は呼びかけたが、この倉庫は誰かが出入りすればブザーが鳴って赤灯が点く仕様で、誰も入ってきていないのはわかっている。

怖くて逃げだしたい気持ちと、正体を見極めたいという好奇心とが葛藤して、何秒か棒立ちになったまま動けずにいると、足音の主が、右の突き当たりで折り返してきて姿を現した。

首がない、カーキ色の軍服を着て軍靴を履いた兵士が、規則正しい歩様で横切っていく。

腰を抜かしていたところへ、ブザーが鳴って赤灯が点き、先輩たちが帰ってきた。

話を聞いた先輩たちは、「工藤さんも視える人なんだ」と気の毒そうな顔をしたという。

第七四話　おーい、おーい

難波勝さんは五二歳のとき、三つ年上の親友を亡くした。

面倒見がいい近所のお兄ちゃんが、長じるにつれて憧れの先輩になり、次第に最高の友だちになっていった。実の兄弟よりも仲が良く、ここ二〇年ばかりは海釣りのバディとして週に一、二度会っていた――そんな親友、タケやんこと藤原武さんは生涯独身で肉親との縁も薄かった。彼は癌で一年間の闘病生活を送った末に息を引き取ったのだが、勝さん以外、看取る者とていなかった。

治ったら釣りに行こうと言っていたのに……と、葬儀が済んでも勝さんの悲しみは止まらなかった。市営斎場から帰宅して、二階の寝室で喪服を着替えていると、生前の武さんの笑顔や、羨ましく思っていた大柄で逞しい姿、それとは対照的な亡くなる直前のやつれきった哀れなようす、釣果を自慢し合った楽しい記憶などが次々に蘇ってきた。

入院中の武さんは昔の出来事をしょっちゅう話していた。こうやって過去を蘇らせていると、今も彼がそばにいて、話しかけてきているような心地がする。

――タケやん、まさか幽霊になって俺を追いかけてきたんじゃあるまいな。

成仏してくれよ、と、心の中で手を合わせていると、しばらくして、「お父さん、夕ご飯は？」と廊下から娘の声がした。「食べてきたからいらないよ」と答えた。

——俺ばかり幸せになってごめんね、タケやん。


その夜、勝さんはなかなか寝つけなかった。ベッドで妻と武さんの想い出話をしていたのだが、そのうち妻は寝息を立てはじめた。

まんじりともせず、暗い天井を見上げていたら、午前一時を過ぎた頃、階段の方で足音がした。

初めは娘が目を覚まして一階のトイレにでも行くのだろうと思った。

足音はだんだんと近づいてきた。誰かが上ってくる。しかし娘の部屋はこの寝室と同じ二階にあるのだ。それに、娘の足音はもっと軽やかじゃないか？

これは男の足音のようだ。元気な頃のタケやんのような、大きな男の……。

「おーい、おーい」

ドアの向こうから武さんが、生きていたときと同じ声で呼ばわった。

勝さんは、「そのときはそれだけでした」と語った
「でも、この後、夜釣りに行ったら、またタケやんが『おーい』と僕を呼びました。だからもう夜釣りはしません。タケやんと違って、僕には家族がいますからね」

第七五話　着せ替え紙人形

私は小学校の低学年くらいまで着せ替え紙人形をときどき楽しんでいた。おもちゃ屋や文具店で売られている着せ替え紙人形用の冊子を買ってきて、紙に印刷されている人形と洋服などをハサミで切り抜いて遊ぶのだ。五、六歳当時（一九七二年頃）は高橋真琴《たかはしまこと》やたなべまさこが描く可憐なお姫さまや美少女の着せ替え人形が好きだった。

もうとっくに廃《すた》れた遊びだろうと思っていたら、そんなこともないようだ。


門脇増美さんのひとり娘、萌衣ちゃんは、数年前の四月初旬、五歳の誕生日会でお友だちから着せ替え紙人形の冊子を貰った。

大好きな少女戦士が登場するテレビアニメのキャラクターの着せ替えだったので、萌衣ちゃんはとても喜んでいたという。

くれたのは、保育園で萌衣ちゃんと仲良しの琉莉ちゃん。

「琉莉ちゃんのおうちも三人家族で、家族ぐるみでお付き合いしてました。そのときは、うちで開いた初めての誕生日会だったのでママも準備を手伝ってくれて……。保育園のお友だちを一〇人ぐらいご招待して、保護者の方にも来ていただいたんです。ランチとケーキの後は子どもたちを近所の児童公園で遊ばせました。全員で公園に行って、夕方、またうちに戻ってきた人も何人かいましたが、公園からそのまま帰られた人もいました」

琉莉ちゃん母子は増美さんの家に戻り、いちばん遅くまで残っていた。

「家も歩いて五分の所だし、話がはずんで……。帰られたのは六時過ぎで、夕ご飯も一緒にどうですかってママをお誘いしたら、明日の準備もあるからと言って慌てて帰っていかれて。翌日は月曜だったんですが、後になって、何か腑《ふ》に落ちたんですよね……」

翌日、琉莉ちゃん一家は姿を消した。電話番号やメールアドレス、ＳＮＳのアカウントも抹消され、しばらくして、夜逃げしたのだという噂が流れてきた。

「萌衣は寂しそうで、琉莉ちゃんからもらった着せ替え紙人形の冊子も遊び方を教えてあげようと思っていたんですけど、『なくした』って言って、どこかへやってしまって。……それが、つい先日、萌衣の部屋の模様替えをしようとしたらカーペットの下から出てきたんですよ。こんなところにあったのか、と、懐かしい気持ちで手に取ってみたら、ページの間に三枚の白い紙人形が挟まっていて、それぞれに平仮名で琉莉ちゃん親子の名前が書かれていました。気持ち悪いから燃えるゴミと一緒に捨てちゃいました。あれって、もしかすると琉莉ちゃんママが私のうちに厄を押しつけようとしたんじゃないでしょうか。まさか萌衣があんなことやるわけないですよね？」

第七六話　ひとかたしろ

近頃では、普通のご家庭の親御さんやお子さんでも陰陽師《おんみょうじ》や形代《かたしろ》がおおよそどんなものか把握していることが多い。映画やマンガ、テレビアニメの影響だろう。うちの息子も小学生のうちからマンガを通じて密教や陰陽道の知識を聞きかじっていた。

もっとも神社によっては今でも六月末の《夏越しの大祓《おおはらえ》》で木や白い紙で作られた《ひとかたしろ（人形代）》を参拝客に配っているし、形代流し雛《びな》などの古い伝統が残っている地域もあるから、それで見たことがある人もいるのかもしれない。

しかし《ひとかたしろ》がインターネットのショッピング・サイトで通信販売されていることは、まだあまり知られていないだろう。

かく言う私も三原燈子さんから話を聞いて、ショッピング・サイトで確認するまでは、そんなふうに手軽に買えるものだとは考えたこともなかった。

燈子さんが《ひとかたしろ》を通販で購入したのは、職場の先輩に勧められたからだった。

悪いことが立て続けに起きるので、先輩が少し前に厄払いしたと話していたのを思い出したのだ。神社かお寺を紹介してもらうつもりだったが、「最近はもっと簡単にやる方法がある」と言って、通販の《ひとかたしろ》を使うセルフ厄払いの方法を教えられたのである。

素人が手を出しても平気なものなのかしらと少し怖くもあったが、先輩が勧める木製の《ひとかたしろ》は千円ちょっとで買えて、ネットレビューでも五つ星がついていた。知らない神社に行くよりは財布が傷まず、ある意味、安心ですらある、と思った。

品物は、注文した翌々日に届いた。高さ一〇センチ厚み一センチほどの杉板の人形で、先輩によるとこれに毛筆で自分の名前を書いて、次に利き手に持って頭の天辺から爪先まで全身を撫でた後、息を三回吹きかける。あとは、懺悔する気持ちで祈ったら、川に行って《ひとかたしろ》を流すだけ。

人に見られたくなかったので、真夜中に近所の川へ流しに行った。

「何すんだよ！」

水面に人形を浮かべた途端、川の向こう岸から大声でこう怒鳴られた。見ると、ジャブジャブと川の中を歩いてこっちに来ようとする人影がある。「ちょっと、何してんだよ！」とまた怒られた。怖いので走って逃げたところ、大通りに出るまで追いかけられた。

まんじりともせず朝を迎えて出勤した。帰宅時、郵便受けを見たら、湿った《ひとかたしろ》が放り込まれていた。

その夜から高熱を発し、燈子さんはインフルエンザに罹った。

第七七話　心霊写真

数年前、円山達さんは某SNSのチャットグループに参加した。九州在住または出身者からなる会であり、大分県在住の達さんも、地元の友人・Nさんから誘われたのだ。

会の管理人は、チャットで送られてくる動画や写真で見た感じでは、達さん曰く「若い頃はイケイケのヤンキー（不良）だったという雰囲気」の女性、Oさん。三〇歳の達さんより幾つか年上だと思われた。が、会話が弾んだことから達さんはOさんに好意を抱き、グループ外でメッセージを送った。

Oさんは快く彼と二人きりでのチャットに応じてくれた。会話が弾み、そのうち達さんがOさんについて抱いている印象――若い頃はヤンキーだった――が話題にのぼった。

Oさんは心外だったようで、これが不良娘ではなかった証拠だと言って、一八歳の頃の写真をチャット画面に添付して送信してきた。

画面中央に、綺麗なお嬢さんが揃えた足を流して横座りになっていた。

面影があり、一瞥しただけでOさんだとわかる。確かにヤンキー風ではない……が、濃淡のまだらがある白い靄《もや》が、彼女の顔から上半身にかけて覆っていた。

またさらに、写真の左端にもオレンジ色の豆電球のような発光体が写っている。

　Oさんもこれらの異常にすぐに気がつき、「元の写真には靄や光は写っていないのに」と困惑を示した。フィルム写真を最近になってデータに取り込んだ画像なのだという。

　写真を画像データ化する際に何らかのトラブルがあったと想像できたが、霞のまだら模様が禍々《まがまが》しい気配を放っており、心霊写真めいていた。

　そこで達さんはOさんの許可を得て、彼女のチャットグループのメンバーでもある友人のNさんにこの画像データを見せた。Nさんから、霊視やお祓いを得意とするセミプロの霊媒師を知っていると聞いていたからだ。

　Nさん経由で霊媒師に鑑定を依頼したわけだが、その結果を聞いて達さんとNさんは頭を抱えた。と、いうのも霊媒師の答えがこのような内容だったので。

「Oさんに未練を残している過去の男の生霊と彼女を恨んで死んだ女の霊、そして彼女に関係する水子の霊の他、それらに呼び寄せられた浮遊霊が写り込んでいる」

　過去の男や水子について本人に伝えるのは如何なものか。達さんたちは悩みながら、自分たちでも写真を拡大して検証してみた――濃淡のまだらは全部人の顔、それも恐ろしい形相の顔ばかりだった。

　これを放っておくことは出来ないと思い直し、Oさんに霊媒師の鑑定結果を婉曲に伝えたところ、Oさんは「水子なら覚えがある」と言い、チャットグループを解散した。

第七八話　心霊写真の女

円山達さんと同郷の友人・Nさんは、ひょんなことから心霊写真の画像データを手に入れた。二人が参加していたSNSのチャットグループで管理人をしていたOさんという女性を写したものなのだが、水子霊の他、Oさんに執着する男の生霊や恨みながら死んだ女の幽霊などの顔や謎の発光体が写り込んだ凄い写真だ。

滅多に入手できるものではないから、Oさんに無断でこっそりSDカードに保存して達さんが預かることに……。そして、およそ二年の月日が流れた。

Oさんとは、霊媒師に件の画像の鑑定結果を遠回しに伝えた直後から二人とも疎遠になっていた。だから親しくなった女性がOさんの会社の同僚だとわかったときには、達さんは偶然というものに畏れを感じたのだという。

Oさんに好感を持ったこともあったが、怖くなって距離を置いた。Oさんの方にしてみても例の心霊写真で気まずい思いをしたわけで、達さんたちと二度と関わらないつもりだったはずだ。

しかし達さんと親しくなった女性・Pさんが、たまたまOさんを口の端に上らせたために、彼はまたしてもOさんの裏の顔を知ることになってしまったのである。

Pさんは、「最近怖いことがあった」と前置きして、こんなことを話したのだという。

――会社の同僚・Oさんにドライブに誘われてついていったら、ドライブは口実で、本当は一方的に好意を寄せている男性の実家を監視する目的だった。Oさんは彼が実家に帰る日を把握していて〝同僚とドライブ〟に来て偶然そこに通りかかったふりをした――。

「それで私が怒ったら、Oさんは、『あの人を自分のものにするためなら何でもやるし、妊娠することも厭《いと》わない』って開き直ったんだよ」とPさんが言うので、達さんはあらためてOさんと深く関わらなくて幸いだったと思った。

彼はPさんにOさんのチャットグループと心霊写真について打ち明けて、友人のNさんを紹介した。すると、話の流れで、三人でSDカードに保存した問題の写真を確認してみることになった。

そこで二年ぶりに画像データを取り出して、スマホの液晶画面に映したのだが。

「たくさんの幽霊の顔が前よりはっきりと濃くなっていて、Oさんの姿をもう完全に覆いつくしていました。発光体の方も前はオレンジ色だったのが赤く変化して……。以前、写真を鑑定してもらった霊媒師に相談したら、データを消去しなさいと諭されました」

達さんとNさんは、そのSDカードを神社でお焚き上げしてもらったということだ。

第七九話　呼ぶ声

東京都中央区は東京二三区のほぼ中央に位置し、江戸開府以来、文化・商業の発展を牽引してきた東京の華。江戸五街道の起点・日本橋《にほんばし》、ショッピングの街・銀座《ぎんざ》、日本のウォール街・兜町《かぶとちょう》、そして歌舞伎座《かぶきざ》、築地《つきじ》、八重洲《やえす》、晴海《はるみ》、下町情緒豊かな月島《つきしま》……と、数多くの名所を有する。

そんな中央区では昨今盛んに再開発が進められ、それに伴い江戸時代の遺跡が新たに続々と発掘されている。数百年前の遺物が良い状態で保存されているのも、同区の特徴であるらしい。三浦按針《みうらあんじん》遺跡や伝馬町《でんまちょう》牢屋敷跡など幾つかの遺跡は旅行案内サイトでも紹介されるほど有名だ。

つい数年前にも、老朽化した警視庁単身者待機寮の改築工事中に江戸時代の町屋敷跡が発掘され、礎石や三和土の遺構などが出土した——と言っても私は、このまま中央区の回し者のように同区の遺跡を解説しつづけるつもりはなくて、約二〇年前にこの警視庁単身者待機寮で働いていた女性とその息子が遭った怪異を紹介したいのだが。

橋田勇樹さんが母に連れられて警察官の独身寮で暮らすようになったのは一〇歳のとき

だった。片田舎で育った勇樹さんにとって都会の街はよそよそしく感じられ、転校先ではさっそく苛められたし、この古くて陰気な寮についても、最初から好い印象を持たなかった。

ここでは母は寮母というものになったようだが、警察官たちが母を「おばさん」と呼ぶのも何だか気に入らなかった。

さらに厭なことには、ここには変なものが棲んでいるらしいのだ。

採光が悪く昼でも薄暗い廊下を歩いていると、「おい」と呼ぶ声がする。何か叱られるようなことをしたかなと訝しみながら振り向いた刹那に意識が途切れて、気がつけば廊下に仰向けになって寝ていた――そんなことが何度かあった。

また、夜遅くに寮母室の前で「おばさーん」と母を呼ばわる者たちも人ではなくて、その証拠に、毎回、声に応じて戸を開けてもそこには誰もいない。

母はオバケに好かれたようで、しばらくすると、廊下の壁の中や床下からも「おばさーん」と呼ぶ声がするので気味が悪いとこぼすようになった。半地下にある厨房も怖いと言うから、母について行ってみたら、高い所にある明り取りの窓の外を、地面から二〇センチも浮いたまま歩いていく裸足の足を見てしまった。

早く母が寮母を辞めないかしらと思っていたところ、小学校を卒業する前に退職して引っ越すことになったが、今も耳の奥に母や自分を呼ぶ声がこびりついているのだという。

第八〇話　鬼ノ城

岡山県総社市《そうじゃし》の鬼ノ城《きのじょう》跡は興味深い所で、歴史書にはまったく記されていないが、この城に住む鬼・温羅《うら》が古代吉備《きび》地方を統治していたという伝説がある。温羅は、孝霊《こうれい》天皇の子で四道将軍の一人である吉備津彦命《きびつひこのみこと》に退治されたとされており、嘘か誠か、一説によればこの出来事が昔話「桃太郎」のモデルだという。とりあえず、ここは大和朝廷《やまとちょうてい》によって国の防衛のために築かれた古代山城の遺構だというのが有力な説だ。

現在、鬼ノ城跡では、復元された角楼や城門が公開されており、並行して発掘調査も行われているそうだ。標高三九七メートルの鬼城山の山頂に土塁《どるい》で高い城壁が築かれているため、展望台からの眺望が素晴らしいと聞いている。

実はまだ私は一度も鬼ノ城跡を訪れたことがない。今回は、岡山県の片山智嗣さんから鬼ノ城跡を訪れたときのことを聞き、そこで撮った写真を見せてもらった次第だ。

智嗣さんが鬼ノ城跡を訪れたのは三年前の八月中旬。彼は岡山県で食品メーカーの営業をしている。その日は朝から一五時頃まで休憩を取らずに総社市内の取引先数ヶ所を車で回り、遅い昼食を食べる場所を探していて、たまたま《鬼ノ城》と書かれた看板を見つけた。

面白そうだと思って行ってみたら、山頂に駐車場と売店が付設されたビジターセンターがあった。売店で飲み物を買い、車の中で持ってきた弁当を食べ、食後、腹ごなしに……と軽い気持ちで展望台に徒歩で向かった。

緩《ゆる》い勾配《こうばい》の遊歩道を上っている途中、背後に人の気配を感じた。気づいたときにはとても間近に迫っているようだったのでギョッとした。

しかし、振り向くと誰もいない。だが、再び前を向いて歩きだすとまた後ろに誰かいるような感じがし、足音どころか息遣いまで聞こえる。

怖くなって、追い立てられるように坂を上った。

すぐに《第一展望台》と記された案内板が見えてきた。謎の追跡者のせいでここまでの道を長く感じたが、展望台に着いて視界が明るく開けると同時に背後の気配が消えた。時計を見ると、駐車場を出発してから五分も経っていなかった。

ホッとしながら景色を眺めた。再現された城の西門を見下ろし、鷲羽山《わしゅうざん》や瀬戸内海を遥かに見晴らす絶景を堪能した。満足して、今度はさっきの遊歩道を引き返しだす。

すると何処かでお寺の鐘を撞きはじめた。近くに寺院があるなら知っておきたいと思い、帰りがけにビジターセンターでガイドに寺の所在を訊ねてみた。

ガイドは怪訝な顔で、近くに寺はないし、鐘の音など聞いたこともないと彼に答えた。

第八一話　同乗者たち

食品メーカーの営業マンである片山智嗣さんは仕事で車を運転することが多い。住んでいるところも少し辺鄙《へんぴ》な場所なので、家には家族の人数分の車があり、同居する両親と妹、近所に住む親戚一同、大人は全員、日常的に車を運転している。

智嗣さんが二三歳のとき、五月のある晩、帰宅すると自宅の駐車場で隣に停めてある妹の車の運転席に誰か乗っていた。妹が帰ってきたばかりでまだ車にいるのかと思い、自分の車を降りてそばにいくと、誰もいない。

見間違いか、気のせいだろう。そう思っていたところ、翌日、妹がその車を運転していて交通事故に巻き込まれた。妹は奇跡的に怪我がなかったが、車は大破した。

九月になり、今度は近所に住む甥っ子の車で同じようなことがあった。

夜の七時頃、帰りがけに叔父の家の前を通りかかると、甥の車が路駐されていて、運転席に人が乗っていた。車で帰る道すがらではあったし、甥っ子はまだ学生で遊びたい盛りだから、これから夜遊びに繰り出すつもりで、友だちを車で待たせているのだろう、と、勝手に解釈して、深く気に留めることもなく通りすぎた。

しかし、智嗣さんが帰宅した後、トラックが暴走して、路肩に停めてある甥っ子の車に衝突するという事故が起きた。

甥っ子は車に乗る前で無事だったが、乗っていたら命が無かったとのこと。

そこで智嗣さんは家族と甥に、事故の直前に見た妹と甥っ子の車の変な人影について打ち明けた。すると、事故の前なら誰も信じてくれなかっただろうと思うのに、みんなから「なんで早《はよ》う言うてくれなんだの！」と口々に責められてしまった。

――こんなことがあってから、智嗣さんは家族や同僚の車をよく観察するようになった。

「そしたら、たまぁに怪しい人影が乗っとるんですよ。同僚の車のときも家族や親戚の車のときもありましたが、その後は必ず、大なり小なり、その車の持ち主は交通事故に巻き込まれました。そのうち運転中にも見えるようになりましたよ、対向車や擦れ違う車の助手席に奇妙なもんが乗っとるのが。生気が無うて輪郭がぼやけとるけぇ、あれは人間じゃねえとわかります」

今も見えますかと訊ねると、智嗣さんはこう答えた。

「最近も、あの車、近えうちに事故するな思うたことがあります」

だが、知り合いの車ではない場合、事前に注意を喚起することが出来ない。そして彼によれば、良くないものが乗っている車は少しも珍しくないということだ。

第八二話　元廃病院の寮

片山智嗣さんは地方都市を拠点とする営業職の常として出張が多く、岡山県の郊外にある実家よりも交通の便が良い社員寮に入ることを入社当時から希望していた。

既存の社員寮はどこも満室だったが、やがて新しく寮が出来ることになり、望みが叶った。潰れた病院の女子寮で、以前は看護師や薬剤師などが住んでいた建物を買い取って社員寮にしたのだという。

駐車場が完備され、鉄道の駅からも近くて足場が良いと聞いて、智嗣さんは喜んだ。中古物件だろうが廃病院の近くだろうが関係ない。便利がいちばん。独身の自分は、どうせ寝に帰るだけなのだし……と。

智嗣さんには三階建ての三階、三〇二号室が割り当てられた。階段で三階に上ってすぐ横が三〇一号室で、彼の部屋はその隣だった。

入寮してからしばらくは何事も無かった。同じ寮の仲間もすぐに出来たし、多忙な中にも楽しく日々が過ぎていく。そんなある日のこと、たまたま偶然が重なって、数十室ある寮の智嗣さん以外全員が出張などで一晩留守になることになった。

いつもならテレビやオーディオステレオの音が漏れてくる廊下が静まり返り、玄関ロビーや洗濯室などの共有スペースにも誰もいない――仕事から帰ってきてみたら、自分ひとりになることはあらかじめわかっていたけれど、想像以上に孤独を強く感じた。

常より薄暗く感じる玄関ロビーを背にして階段を上りはじめたとき、後ろで足音がした。振り返ってもロビーに人影が無かったので、自分の足音が反響して聞こえたのだと思った。今夜は静かだから、いつもは気にならない音が聞こえるのだろう。

そう考えて、あまり気にせず自分の部屋に入り、ドアの鍵を掛けた。

すると、階段を駆け上がる足音が聞こえてきた。ドアに耳をつけてようすをうかがっていると、誰かがこの三階まで上ってきて、足早に廊下をこちらへ向かって来る。

タッタッタッ……とリズミカルな足取りで、それは、智嗣さんが耳をくっつけているドアの前を通過した。

そして隣の三〇三号室の前で立ち止まった。

智嗣さんは、隣の部屋に住んでいる社員を当然ながら知っていた。出張先で何らかのトラブルがあって急遽、帰ってきたのだろうと思い、「お帰り」と言いながら廊下に飛び出した。

しかし誰の姿も無く、恐ろしくなって慌てて部屋に逃げ戻った。

その後は何事もなく、そのうち異動があってその社員寮から離れたが、しばらくしてあそこに幽霊が出るとの噂を耳にして、あらためて怖くなったのだという。

第八三話　猫の事故物件

その頃、鈴木美希さんは追い詰められていた——成人してからというもの、東京で風俗嬢をして何とかしのいできたが、歳が三〇を過ぎてこの仕事で今後も食べていく自信を失くしはじめた折に、同居していた恋人が賃貸マンションの共有物を壊して大家から立ち退きを言い渡され、それを示談にする金を建て替えたことで貯金が目減りし、さらに花粉症も悪化して四月までは商売どころでなくなり、おまけにその恋人に逃げられた。

田舎には、美希さんをサンドバッグと勘違いしているような両親しかいないから帰れない。絶望するしかないところだ。しかし、そんな事情をよく知る友人が、美希さんが自殺するのではないかと心配して、格安のアパートを見つけてきてくれた。

東京郊外の1Kで敷・礼無し家賃二万八千円。アパートを管理している不動産屋とは一度だけ顔を合わせた。誠実そうな顔をした年輩の女性で、「人は誰も死んでいませんが、一種の事故物件です」と美希さんに告げた。「飼っていた猫が繁殖しすぎて生活が破綻した、猫の多頭飼育崩壊が起きた部屋なんですよ。でも専門業者が特殊清掃をした上で綺麗にリフォームしたので、細かいことを気にしなければ快適に住めると思います」

美希さんが気にしていたのは立地とお金のことだけだった。郊外だとしても、今どき都内で家賃が三万円を切るなんて……。すぐに入居できると聞いて即決し、翌日には引っ越した。

――だが、すぐに後悔することになった。

「最初の日、夕方、荷物を解いているときに、空になったダンボール箱を片づけようとしたら一瞬やけに重くて、え？　と思って……。それが始まりでした」

夜にはもっと気色悪い出来事が彼女を待ち受けていた。ベッドの中に仔猫がいたのだ。

「最初は手に何か温かくて柔らかい毛が生えたものが触れて、びっくりして手を引っ込めたらしがみついてきたんです。そうしたら次々に小さな丸っこい毛玉みたいなのが体中に群がってモゾモゾ蠢きだして……二〇匹以上だったと思います。叫んで蒲団をはねのけたら一匹もいなかったんですけど、パジャマが動物の毛だらけになっていました。そんなことが毎晩つづきました。部屋を暗くすると猫の目のような一対の光があちこちに現れるから怖くて電気が消せないし……。何が辛かったって安眠できないのが、もう！　だけど決定的だったのは、郵便受けに死んだ仔猫の頭が入れられていたことです」

犯人はわからなかったが、例の不動産屋は、彼女の話を聞くと、「最後の方は共食いしだして、仔猫はみんな頭だけ残して成猫たちに食べられていたそうです」と言ったのだという。

結局、一ヶ月足らずで美希さんは部屋を解約して、背に腹は代えられず、実家に戻った。

第八四話　おねしょの幽霊

大原さん夫妻の目下の悩みはひとり娘の〝おねしょ〟だった。もう六歳だというのに治る気配もなく、毎晩必ず寝小便を漏らしてしまうのだ。

これまでずっと健康診断の際に小児科の医師に相談してきたが、医者はみんな、判で捺したように「心配いりません」と前置きしつつ「六歳を過ぎても続くなら夜尿症《やにょうしょう》です」と、悩める親には一種の脅しのように聞こえる台詞《せりふ》を吐くだけだった。

「排尿器官が育って、抗利尿《こうりにょう》ホルモンが正常に分泌されるようになれば治る」と物の本には書かれていたけれど、これでは、小学生になっても一向に良くならないのは体に何か異常がある可能性があるのだとも受け取れるから、ちっとも気が休まらない。

それぞれの両親に悩みを打ち明けても駄目だった。「昔の人は百草《もぐさ》でお灸《きゅう》をすえると治ると言っていた」などと怖いことしか言わないので。可愛い娘の玉の肌にお灸をすえるだなんて、とんでもないことである。そんな児童虐待じみた迷信は排斥されるべき。

――と、まあ、解決策が無いので、毎日、深夜零時頃になるとパジャマのお尻を濡らして起きてくる娘の世話を焼いていたわけだが、ゴールデンウィークを目前にした四月のある夜のこと、ちょっと不思議なことが起こった。

深夜、妻の芙美子さんと夫の暢司さんが待ち構えていると、いつものように娘が「おしっこ」と眠そうな声で訴えながら起きてきた。こういうとき「おしっこなら漏らしてしまったじゃないか」とは夫婦どちらも言わない。叱ると寝小便が酷くなると本に書いてあったから。優しく、かつ、スピーディーに対応せねばならぬ。

芙美子さんがパジャマを着替えさせる。その間に暢司さんが敷蒲団を交換する。夫婦協同で対処する習慣で、寝小便関連の段取りには熟達していた。

ところが、である。

「あら?」と芙美子さんが首を傾げた。「パジャマもパンツも濡れてない」

さては遂に寝小便が治ったのかと夫婦で淡い期待を抱いたのも束の間、暢司さんが敷蒲団を確かめると、お漏らしが大きな地図を描いていた。

暢司さんによれば、この出来事は〝おねしょの幽霊〟として夫婦の語り草になったそうだ。これ以降、娘の寝小便は治まっていったとのこと。

寝小便にまつわる俗信には、百草のお灸の他に、火遊びをする子は寝小便をするという言説があるけれど、お漏らしの恥ずかしさを利用して子どもの火遊びを戒めただけだとする説が有力だ。罰を与えたり脅したりしても無駄なことは言うまでもない。

第八五話　黒い男女

三三歳の会社員、大原暢司さんは、この日は風邪をこじらせて社員寮で寝ていた。熱が少し高く、蒲団に横になっているといつまでもウトウトしていられる。妻の芙美子さんは出勤前に土鍋にお粥《かゆ》をこしらえていってくれた。蒲団の中から妻を見送り、昼になったらお粥を温めて食べようと思いながら発熱中のまどろみに揺蕩《たゆた》っていたら、

ガチャ、ガチャ。キィッ。バタンッ！

――あれ？　誰か来た。芙美子かしら？

玄関で音がしたので、さっき出勤した妻が忘れ物をして戻ってきたのかと暢司さんは思った。しかし「芙美子ぉ？」と枕から頭を起こして呼ばわっても、返事がない。

ピッキング強盗や空き巣という言葉が頭をかすめた。居直り強盗、強盗殺人などと、怖い連想が次々に生じて、おちおち寝ていられなくなった。

そこで蒲団から這い出ようとしたのだが、遅きに失して、その前に侵入者に襲われてしまった。いつ寝室に入ってきたのかわからないが、起きようとした瞬間に蒲団の上からのしかかられて、両手で胸を押さえつけられたのだ。

苦しい。恐ろしい。健康なときなら取っ組み合ったかもしれないが……。

　このとき、暢司さんは咄嗟に意識を失ったふりをしたのだという。ただし、目を瞑る直前に侵入者の姿を見てしまったので、狸寝入りも容易なことではなかったのだそうだ。

　それは、黒い煙が人間の男の形に凝集したかのような怪人だった。

　悲鳴を噛み殺してじっとしていると、幸いそいつはすぐに体の上からどいた。気配が遠ざかったので、薄目を開けて寝室の戸口の方を見たら、全身が真っ黒なガス状のものが大股に歩き去るところだった。

　暢司さんは迷った。このまま寝たふりを続けた方がいいのかどうか。あれは警察の管轄外だろう。……とりあえず鼓膜に神経を集中させて黒い男の気配を探ろうとした。

　しかし何も感じられなかった。玄関から出ていったようすはないのに。

　何分経っても物音ひとつ立てないので、勇気を奮って家の中を見て回ったら、何ら痕跡もなく、姿を消していた。

　やがて仕事から帰ってきた妻にこのことを話すと、「夢を見たんだよ」と最初は笑っていた。が、ふと、目を丸くして「そう言えば」と前置きして、こんなことを話した。

「私も黒い人を見たことがあるのよ。怖いから今まで黙っていたけど、ここに住むようになってから、黒い和服を着た女がベランダに立っている夢を何度も見ているの」

第八六話　夫の浮気相手

――東京都の会社員、鈴木史哉さんが上司の佐藤吉実さんから誘惑されたのは約一〇年前のことだった。当時史哉さんは別の部署から異動したばかりで、職場で孤立しがちだった。二八歳と若手ながらチームリーダーに抜擢され、嫉妬や値踏みする視線に晒されていたのだ。そんな史哉さんをいつもさりげなく庇《かば》ってくれるのが吉実さんだった。

そのとき吉実さんは四〇歳でバツイチ独身。史哉さんには三つ年下の妻、華枝さんがいたが、辛いときに吉実さんから食事に誘われ、出来心で一夜を共にしてしまった。

史哉さんと吉実さんの関係は、五年後、吉実さんの突然死でピリオドを打たれるまで続いた。史哉さんは彼女の死を悼《いた》む半面、密かに安堵の息を吐いていたようだ。

吉実さんは今以上に出世する見込みが薄かった。また、華枝さんが妊娠し、臨月を迎えたところでもあった――。

「タイミングよく不倫相手が死んでくれたので、夫はホッとしたはずです」

と、鈴木華枝さんは述べた。

「夫が浮気しはじめたときから、知らない中年のおばさんがうちの周りをうろつきだして、無視していたらだんだん図々しくなり、家の中まで入ってきました。私は子どもの頃から霊感があるので、すぐにこのおばさんは生霊だとピンときて、たぶん夫の不倫相手だろうと思いました。佐藤吉実という上司の名前を夫から何度か聞いたことがあって、怪しいと思って……だけど浮気してるという証拠はないし……。しばらく放っておいたんです。でも、子どもが出来たからもう我慢できないと思いはじめたところへ……」

また〝おばさん〟が現れたのだった。入浴中だった華枝さんは、たまたま浴室に置いていたマッサージ用の粗塩をかけて「消えろ」と強く念じた。

生霊はたちまち消えて、現身の方まで同時に心不全で逝ってしまったわけである。

それから間もなく待望の赤ちゃんが生まれた。可愛い女の子で、史哉さんに溺愛されており、「とうぶん夫が浮気する気づかいはなさそう」と華枝さん。

「娘はあのおばさんの生まれ変わりだと思うんですよね。生霊が消えた瞬間、私のお腹に何か冷たいものが入ってきた感じがしましたから。だけど、赤ん坊の気の方がおばさんの霊より強いから、おばさんの一部を取り込むだけでしょう。きっと娘は夫が好むタイプの女性に育ちますよ。案の定、夫は娘に夢中です。何もかも本当にうまくいきました。よくあることですが、私も妊娠中は足の浮腫《むく》みがひどくて、バスタイムにはマッサージ用の粗塩が欠かせなかったんです。入浴中に出てくるなんて運が悪かったですね、あのおばさん」

第八七話　茨木さん

酒呑童子《しゅてんどうじ》の家来・茨木童子《いばらきどうじ》の出生地だという説のある大阪と京都の府堺の山中に、木立に隠れるようにして、見るからに古い一軒家が建っている。

三〇〇年前に建てられた農家の母屋だそうで、玄関と台所は地面を踏み固めた土間、便所と風呂場は家の外、今でも石の竈《かまど》に薪をくべて釜で炊飯しているのだから驚く。

いくら相続した家土地だからって、手も入れずにそのまま暮らすとは酔狂な話だから、さぞかし変わった人が住んでいるに違いないと思われるかもしれない。

それはまったくその通りで、そこには、茨木童子とは全然違う軽量級で飄々《ひょうひょう》とした外見なれど、龍や天狗《てんぐ》に遭ったり、目も眩《くら》むような大木の天辺から転落しても死なかったりと、妖しい能力を受け継いだ疑いのある男が独りで住んでいる。

名前は仮にここでは、茨木さんとしておく。他の体験者と異なり、なぜこの人だけ苗字で呼ぶかというと、彼は夫の古い友人で私とも親しく、作り事が過ぎると書きづらいからだ。

本当の姓は違うが、せめて本人に所縁のある呼び名で書きたかった。

茨木さんはいわゆる〝視える〟体質の持ち主だ。不思議な体験談を数々しており、私はこれまでに彼から幾つも奇譚の類を聞かせてもらっている。

また、奇妙なことが起きたときに、たまたま一緒に居合わせたこともあった。

たとえば、かつて殺人事件が起きた北大塚《きたおおつか》のラブホテルで起きた怪奇現象（『出没地帯』収録「殺人ラブホテル」）や、座敷牢がある古い日本家屋スタジオで遭った怪異（『怪談五色　破壊』収録「指籠の人」）は、茨木さんと私との共通体験だ。

そう、「指籠の人」のラスト近くで、「ねぇさぁん、気ぃつけてやぁ！」と私に向かって叫んだ〝男性スタッフ〟は、実は茨木さんのことなのである。

当時、彼は映像制作スタッフだったけれど、だいぶ前に地元へ帰って農業を始め、この一〇年ばかりは京都府内の旅館で伝統野菜づくりに携わっている。

若い頃は有名お笑い芸人に弟子入りしたり、世界中を放浪したり、ボルネオで吹き矢族になろうとしたこともあるそうだから、中年になって少し落ち着いたのだろうと思う。

今回、茨木さんからあらためて五つの体験談を取材させてもらった次第だが、それらを書きだす前に、以前、心霊現象が起きる日本家屋スタジオで彼から忠告されたひと言を、決して忘れたわけではない証拠として記しておく。

「幽霊がおるところでは､なんや見えたぁ聞こえたぁとあんま言うたらあきまへんで。『あんたわしのこと呼んだかぁ』て悪いもんがわらわら寄ってくるさかい」

第八八話　フクちゃんの訪問

元号が昭和から平成に変わった一九八九年の夏。一九歳の茨木さんは前々から日を定めてバイト仲間と海へ遊びに行く計画を立てていたが、前日の夕方になって、なぜだか突然、気乗りしなくなって、仲間に断りの電話を入れた。体の調子はすこぶる良く、金欠でもなかったが、ふいに心に影が差して、柄にもなくブルーな気分になってしまったのだ。

その後は明日の支度をする必要がなくなったので家でだらだら過ごしていると、夜の七時頃、玄関の方がにぎやかになって、母親の声が聞こえてきた。

「あらぁ、フクちゃん！　久しぶりねぇ。元気にしとった？　こない大きなって！　急にどないしたん？　ちょうど晩御飯どきや、なんか食べていきなはれ。……ちょっとぉ！　聞こえてんやろう？　フクちゃん来たでぇ！　はよ来ぃ！」

「今行くがな！　フクちゃんやって？」

小一の初めから中二の進路別クラス分けまで、茨木さんにとってフクちゃんは無二の親友だった。お互いの家を自転車で行き来してどっちがどっちの家の子だかわからなくなるほど家族ぐるみで親しくしていたものだ。遊びも音楽も、好きなものは何でも共有して、話していて飽きるということがなかった。

それほどの仲良しを高校に進学してからすっかり忘れていたことには理由があって、中三からグレだしたフクちゃんが別の高校に入ってから殴る蹴るの暴力もありの不良になったと聞いたから。大柄だけど気が優しいフクちゃんが好きだったのに、見損なったと思ったのだ。そうこうするうちフクちゃんの家が他所に引っ越して、それっきり。

でも、玄関に飛んでいって顔を見たら、やっぱり懐かしい子ども時代の大親友のフクちゃんだった。面影があり、持っている四角いＬＰ盤にも見覚えがあった。

「やぁ、よう来たなぁ！　なんやそれ、わしのビートルズのアルバムやん！」

「うん。借りっぱなしになっとったさかい返しにきた。俺もう、いかなあかん……」

「そんなん言わんと、せっかくだから上がりぃ！　ビールでも一緒に飲もうや！」

茨木さんは玄関に背を向けて台所に行きかけた。しかし、靴を脱いでついてくるものと思ったのに、後ろがやけに静かなので「フクちゃん？」と言いながら振り向いた。

玄関の引き戸が、開いたことなどなかったかのように冷然と閉まっていて、上がり框に昔自分が貸したビートルズのアルバムが置いてあった。

――フクちゃんの影も無い。出ていったならわかるはず。そのとき奥で電話が鳴り、「もしもし」と母が出たかと思ったら、「アハハ！　嘘や！」と笑い飛ばすのが聞こえた。

「さっきフクちゃん心臓麻痺で死んだて、何言うてん！　今うちに来とるのに！」

第八九話　黒髪

一九九二年の六月から九月にかけて放送されていた『お昼の独占！　女の60分』というテレビのバラエティ番組に、茨木さんは出演したことがある。その頃の彼は相方のGさんとコンビを組んでお笑い芸人として売り出そうと懸命だったから、Gさんのアパートで二人が体験した心霊現象をリポートするだけだとしても、テレビに出してもらえるのはありがたいと彼は思ったようだ。しかも番組歴代二位の高視聴率を獲って、高級中華料理をご馳走してもらえたそうだから、これは、怖い目にも遭ってみるものだと言うべきなのだろう。

当時の茨木さんは二二歳。相方のGさんは二五歳。

ある日、茨木さんは神奈川県のGさんのアパートに初めて泊めてもらうことになった。まあ、お互い芸人としては修業中の身であるから期待はしていなかったが、予想どおりに狭いアパートだった。気が進まなかろうが何だろうが、同じ部屋でくっつき合うようにして寝るしかない。

とっとと眠ってしまうに限ると思い、Gさんに背中を向けて目を瞑《つむ》ると、すぐに眠気がやってきた。

どれほど眠っていただろうか。

「ウ〜ン、ウ〜ン、ウ〜ン」

不気味な呻《うめ》き声に目を覚まされた。背中でGさんがうなされている。薄暗いなか目を凝らすと、Gさんは全身を棒のように突っ張らかして、苦悶の表情を浮かべていた。

――怖ッ！　これはきっと金縛りや！　助けてやらな！

茨木さんは咄嗟の判断でパッと立ちあがって電気を点けた。「G！　起きろ！」

ひときわ大きく呻きながらGさんが目を覚ました。「……あれ？　茨木？」

「おまえ今、金縛りに遭うてたで。大丈夫か？　いったん起きた方がええんちゃう？」

相方は寝ぼけたようすで、「そうやね」と蒲団から這いだそうとした。しかし急に顔を引き攣らせたかと思うと、ガバッと蒲団をはねのけた。

「うわっ！　何やこれ！」

首筋から肩、胸、背中、両腕……下半身までびっしりと。

「女の髪やんけ！　気色悪ッ！　おまえ、なんか女に恨まれるようなことしたんやろ？」

「してない、してない！　茨木ぃ、この髪の毛取ってぇ。助けてくれぇ！」

電気の明かりに照らされて、Gさんの全身に絡みついた長い黒髪は濡れたような艶を帯びてテラテラと輝いていたという。

第九〇話　合宿所の怪（上）

一九八八年、茨木さん一八歳の冬のこと。普通自動車の免許を最短で安く取得するために、大阪の友人・Hさんと二人で合宿免許に参加した。

合宿免許は、宿泊施設の利用料と三食がセットで料金に含まれており、教習所で学びつつ旅行気分も味わえるので、今も昔も主に若者に人気だ。

茨木さんたちが参加したのは二週間のコースで、一室定員六名の合宿所に泊まるというもの。茨木さんと同室になったのは、坊主の息子とその他三名、そしてHさんで、全員若い。この六人が同じ部屋に置かれた三台の二段ベッドに分かれて寝る。

茨木さんは上の段を、Hさんは同じベッドの下の段を使うことになった。

初日の夜、みんなが寝静まった丑三つ時に茨木さんはなぜか目を覚ました。

起きると同時に大きな足音が部屋の外でしたので、これに起こされたのだとわかった。

耳を澄ましていると誰かが歩いてきてこの部屋のドアの前で立ち止まる。

――翌朝、Hさんが「昨夜、気づいたか?」と茨木さんに訊ねた。

「誰か来てたな。足音だけで、ようわからんけど。わしすぐに眠ってもうたし」

「ドアの外で入りたそうに立ってたで。たぶん男や」

「……なんでそないなことがわかるんや？」

不思議がる茨木さんに、Hさんはサラリと答えた。

「俺、霊感があるんや」


第二夜。消灯から五分も経たず、まだ誰も寝入っていないときに、ふいに「コツン」と硬質な音が鳴り響いた。二段ベッドの木枠を固めた拳の関節で強く叩いたような音だ。

コツン。コツン。

音は一呼吸ずつ間をあけて合計三回鳴った。下の段からHさんが訊ねた。

「茨木ぃ、おまえベッド叩いた？」

「叩いてへん。……おーい！　誰かコツンて音鳴らさへんかった？」

全員が口々に鳴らしていないと答えた。つまり、六人とも怪しい音を聞いていた。


第三夜。ベッドに入った途端、茨木さんはまた何か変なことが起きるのではないかと不安になり、「今夜もヤバそうやけど……」と横になったままHさんに話しかけた。

その瞬間、ベッドが上下左右に激しく揺れはじめた。

第九一話　合宿所の怪（下）

運転免許取得のための合宿で、まさか怪異に悩まされるとは思わなかった茨木さん。ところが一夜目は足音、昨夜は怪音、そして三日目の今夜は揺れるベッド――ふだんなら迷わず地震だと思うところだ。いや、そのときは地震だと思った。

二段ベッド全体が跳ねまわるように揺れ、柵にしがみついていると、下の段で友人のHさんが「痛ッ！」と叫んだ。

「誰か電気点けてくれ！」

茨木さんはひと声叫ぶや、ガタガタ揺れるベッドの上段から床に飛び降りた。

着地した途端、不思議なことに揺れが治まる。

電灯の光のもとで見たHさんは顔から鮮血を垂らしていた。片側の頬にミミズ腫れになった三筋の傷が刻まれて、出血している。

「ベッドが揺れる前に男が部屋に入ってきて、そいつの足もとに犬か狐みたいな獣がまとわりついとってん。ほんで茨木が話しかけてきたら、その獣が襲い掛かってきて……」

坊主の息子が同じ部屋にいたのは好運だった。「般若心経《はんにゃしんぎょう》を唱えれば安心」と頼もしく受け合い、お経をあげてくれたのだ。そのお陰か、三夜目はそれ以上何も起らなかった。

第四夜。消灯直後にHさんが悲鳴。昨夜の男が馬乗りになってきて両腕を掴んだのだと茨木さんたちに訴え、「ここ掴まれてん！　痛いし」と二の腕を見せた。人の手形がミミズ腫れのように膨《ふく》らんで捺《お》されていた。

翌日。昼間に同室の六人でミーティングした。そこでHさんと茨木さんの二段ベッドに怪奇現象の原因があるのかもしれないと誰かが指摘し、早速ベッドを動かしてみたところ、床にべっとりと生乾きの赤黒い液体が……。

大量の血液だと思われ、気味が悪かったが、そのままにもしておけないので拭き掃除をし、そこに盛り塩をした。そして坊主の息子が般若心経を唱えてみんなで合掌し、これにて一件落着と思った。しかし……。

「終わらなかったんですか？」と私が訊ねると、茨木さんは「あかんかった」と答えた。
「その晩もHは足首を掴まれて流血しよった！　それで明くる日にまたベッドをどけてみたら、昨日キレイにしたとこにどす黒い血痕が復活しとってん！　おかしいやろ？　せやけど誰も脱落せえへんと免許取ったんやで。みんな寝不足になったけどな。結局は根性や」

第九二話　悪意

一八歳の茨木さんとHさんは運転の練習を兼ねて近所をドライブすることにした。二人とも運転免許を取ったばかりである。どうせなら大勢で行った方が面白いので、地元の友人、IさんとJさんも誘い、四人でコースと日取りなどを決めた。

四人とも京都府と大阪府の府境辺りに住んでいて、界隈の峠道に土地勘がある。車は茨木さんとIさんが家の車を借してもらうことにして、じゃあコースは地元の山道、昼は学校やアルバイトで忙しいから、じゃあ時間は夜……と、かなり安易に計画を立てた。

当夜、茨木さんとHさんの車が先に、IさんとJさんが後について、出発した。

まずは茨木さんがハンドルを取った。しかし幾らも走らないうちに助手席のHさんが騒ぎはじめた。

「悪意を感じる！　ヤバい、ヤバい、ヤバい！　この道は早く抜けなあかん！」

カーブが連続する細い峠道に差し掛かっていたから、危険な道路だという意味かと思ったが、「違うて！　あれ見てみぃ！」と叫びながらHさんが指差す方を確認すると……。

信じられないものが目に入り、茨木さんは咄嗟にハンドル操作を誤りそうになった。

「お、女ぁ？　こんな時間にぃ？　ましてやここ山奥やぞ！　……今、赤いワンピのオネエチャンが見えたと思たんやけど、わしの目がおかしなってもうたんやろか……」と言い、Hさんは首を振って、「見間違いやあらへん。赤い服着た長い髪の女の人やった」

「宙に浮いとったで」と付け加えた。

道路脇の崖の上に浮かんでいたというのだ。この目で見ても現実だと思えなかったが、そこからさらに進むと、再び女が斜め前方の空中に現れた。

「すっげ～怖い！　手が震えて事故りそうや！」

路肩に車を停めてHさんが運転を交替した。停車したら女は消えた。しかし……。

「い、い、茨木ぃ！　ブレーキ踏まれへん！　お、俺のあ、あ、足もとッ！」

そう言われて恐る恐るHさんの下半身に目をやると、さっきの女が運転席の床から這い出てこようとしていた。Hさんは奇声をあげて手で女をどかそうとしはじめた。

「危ない！」

崖が目前に迫り、茨木さんは必死でサイドブレーキを引いた。

――停車すると同時に女が消えた。二人で外に出てみると、あと三センチで崖から転落するところだったことがわかった。谷底に錆びた廃車が見え、道路脇に花束が置かれていた。

やがて後続のIさんとJさんが来て、青ざめた顔で言うことには。

「ずうっと、おまえらの車の後部座席から女がこっち向いてたてん！　なんなん、あれ？」

第九三話　エンドレス自死

二〇歳の茨木さんはそのとき、交際しはじめて間もない彼女を助手席に座らせて、車を運転していた。

初秋の週末、時刻は午後五時すぎ。場所はちょうど万博記念公園の辺り——中国自動車道に並行して走る大阪の府道二号線は、吹田市《すいたし》内で万博記念公園の中を貫いている。南北に分断された公園は複数の橋などで繋がれ、ところどころで府道はその高架の下を潜る。

車はスムーズに流れているが、交通量は比較的多かった。

やがて正面に高架が見えてきた。一般的な歩道橋より規模は大きいが、端に歩行者用通路がある。そこの転落防止の柵の外側に人影が見えた。

——飛び降りる気だ！

茨木さんは驚愕したが、隣にいる彼女が平然としていたので、叫び声を引っ込めた。

前を行く何台もの車が一台も停まることなく、高架を潜り抜けてゆく。

接近するにつれ、人影の全貌がはっきりしてきた。白っぽいワンピースを着た女性で、髪に隠れて表情はわからない。両手を広げて柵につかまっているが今にも落ちそうだ。

彼女は相変わらず無反応。あれが見えているのは自分だけなのだと茨木さんは悟った。

やがてついに高架の下に差し掛かった。するとそのとき、橋の上の女性が飛び降りた。足から下へ落ちていく。ワンピースの裾が宙に舞う。髪が逆立つ——茨木さんの目はスローモーションのように女性が死に向かう一部始終を捉えた。

女性が彼の車の真正面に墜落すると同時、一瞬の激しい振動と衝撃音が襲ってきた。キャッと助手席で彼女が悲鳴をあげた。「何今の？　何が起きたの？」

「女の人が落ちてきたのは見たか？」

「え、何それ？　見てへん！」

「正面に落ちてきて、車の鼻先に当たった。衝撃は感じた？　音は？」

「感じた！　音も、ガツンていうた！」

「不思議なことやけど、たぶん死体はあらへん思う。せやけど一応、確かめとこうか」

路肩に駐車して車の前を見てみると、バンパーが大きくひしゃげて凹み、そこに長い髪の毛が絡みついていたのだという。遺体は無かった。

茨木さんは、飛び降り自殺をした女性の霊が、死の瞬間を繰り返し再現しているのだろうと推測している。

動画のエンドレス再生のように、終わらない自死を繰り返しているのではないか、と。

第九四話　お粥の顔

両親が内科医院を営んでいる浜田佐智さんは、小学三年生の頃に怖いものを見た。

日曜日の朝、子ども部屋のベッドで目を覚ますと、足もとに格子柄のセーターを着た人が佇んでいた。真っ黒な短髪の頭や白っぽいズボン、全身の体格から推して、大人の男の人だと咄嗟に思ったが、その人には顔が無かった。

いや、火傷の痕がケロイドになっているのか、それともまだ治癒していないのかわからないが、顔全体が、お粥をグチャグチャに掻き混ぜたようになっていたのだ。

お粥のような顔の中に、そこだけは無傷の二つの眼が嵌《は》め込まれている——それと目が合った。

蒲団に潜って息を殺していたら、やがて消えてくれた。

両親に訊ねても、そんな人には覚えがないと言われた。でも佐智さんは、いまだにお粥を見ると思い出してしまうのだという。眉も鼻も口も判然としないほど崩れていたけれど、目だけは不思議なほど美しかった、あの顔。

第九五話　月見の友

長年にわたって教頭職を務めてきた橋口要一さんは、鹿児島県のとある離島に赴任した折に、島内の別の学校の教頭・Eさんと知り合った。

先に赴任していたEさんから島の事情を教えてもらったことがきっかけで意気投合し、会えば愚痴をこぼしあう仲になったが、しばらくしてEさんが病気で休職してしまった。

本土の病院に入院したと聞いて、すぐにお見舞いに行きたいと思ったが、休日を待たねばならず、また、Eさんの病状がわからないうちは迂闊《うかつ》に押しかけるのもはばかられるうちに、一週間、二週間と、日が経っていった。

そんなある日の夜のこと。島に赴任してから住んでいた職員宿舎の掃き出し窓が、ガタ・ガタ・ガタ・ガタと、規則正しく間を空けて四回鳴った。

初めの「ガタ」で振り返ったとき、銀色の月光に目を射られた。

まばゆいばかりの見事な満月が空に掛かっていた。触りもしない掃き出し窓が揺れて四回鳴った怪異を圧倒するほど、美しい月夜だったと要一さんは当時を振り返る。

翌朝、彼は学校で、昨夜Eさんが亡くなったことを知らされた。窓が鳴ったときが臨終の時刻だったとわかると、昨夜、Eさんと一緒に月見をしたような錯覚を覚えたのだという。

第九六話　水子無惨

二〇〇四年に某紙が、とある産婦人科クリニックで中絶胎児を切断のうえで一般ごみとして捨てていた事件をスクープした。妊娠一二週以上の胎児は、墓地埋葬法で遺体として火葬または埋葬することが定められている。しかしそのクリニックでは何年も前から、胎児を一般ごみに紛れ込ませて捨てていた――バレないようにするためにコマ切れにして。

某紙記者に事件を告発した元職員は、胎児の手足をホルマリン容器で保存していたのだという。「いずれ世に問うときが来る」というのがその動機だ。

水子供養のお守りを白衣に忍ばせていたスタッフもいたそうで、記者のインタビューに応えた元職員も長期に及ぶ〝作業〟によって蓄積した心のダメージをうかがわせた。

「院長に命じられ、やむを得なかった」と弁解しながら証言した〝作業〟というのが、ハサミを使って流し台で胎児の体や手足を切るという残酷なもの。

そんなことを毎月一、二度、行っていた。

死体損壊罪や死体遺棄罪の容疑に問われた可能性もあったが、結局は同年一〇月に廃棄物処理法違反で元院長が起訴され、本人が起訴事実を認めたことで捜査が終了した。

元院長は、「九四年の開業以来、中絶した胎児を他のごみと混ぜて捨てていた」と告白したということだ。

――ところで、こういう体験談を聞いた。

元看護師の赤坂多津子さんが二〇年ほど前に辞めた産婦人科クリニックでは、中絶胎児を違法なやり方で捨てていた。

一度、多津子さんも手伝わされたが、あまりの気持ち悪さに吐き気をもよおし、その日の夜は眠れなかった。目を閉じると、小さな手足や切断された白い骨端、流し台に溢れ出した内臓などが瞼《まぶた》の裏に蘇ってきてしまうのだ。

ハサミを通して伝わってきた柔らかい肉や細い骨の、あるいは真っ赤な肉饅頭のようになったものをプラスチックバッグに詰めるときの、なんとも言えず厭な感触も思い出してしまい、蒲団の中で合掌して、神さまに許しを乞うた。

やがて、まんじりともしない内に夜が明けて、首もとの蒲団を朝陽がしらじらと照らしたのだが、そこに見慣れない赤い花模様がついていた。

「それが、よく見たら小さな手形だったんです！　すぐに辞表を提出しました」

――同じクリニックか。多津子さんは「お答えできません」とおっしゃるのだが。

第九七話　堕ちろ（上）

五〇歳の会社員、三峯初枝さんの両親は彼女が六歳のときに別居した。初枝さんは父に引き取られ、埼玉県の父方の実家で祖父母と一緒に暮らしはじめた。それからおよそ二年間、母は父からの離婚の求めに応じず、月に一、二度、初枝さんを奪取しに来た。

初枝さんは当時、母親のことが怖くて仕方がなかったという。

「母は、私と二人きりで家に閉じこもるのが好きでした。だからといって凄く可愛がってくれるかというとそんなことはなくて、とにかくじっとしていろと言うだけ。家の中でも勝手に遊ぶと叱られて、トイレに閉じ込められたりベランダに追い出されたり……。母が反対するので幼稚園に行かせてもらえず、小学校に上がるまでは他の子と遊んだことがありませんでした。父が私を連れて逃げたのは、小学校に入れるためだったそうです。物心ついた頃から私の世界には両親しか存在しなかったせいか、祖父母の家に引っ越した当初は混乱してしまい、六、七歳の頃の記憶がありません」

別居から約二年後、初枝さんたち四人が旅行に行っている隙に、母は家に上がり込み、初枝さんの子ども部屋のカーテンレールで首を吊って死んだ。

旅行から帰ってきたとき門の外から家を見たら、二階にある自分の部屋の窓辺に母が立っているように見えた。実はそのときすでに死後二四時間以上経過していたわけだが。

「そのときは母と目が合ったと思いました。生きているものとばかり……。よく考えたら、姿勢や表情が変だったわけですが、まさか死んでいるとは思わないじゃないですか？」

葬儀は母の実家がある神奈川県の斎場で行われた。初枝さんは八歳だったが、母方の親戚と会ったのはこのときが最初で最後。母方の祖父母が他界していたことすら、それまで知らされていなかった。

「普通の家とは違うと、子ども心にも、あらためて思いました」

母の自死から一年後、父が若い女性を家に連れてきた。親切で感じの良い人だったが、ひとりで車を運転して帰る途中で県道のガードレールを突き破って転落。

翌朝発見されたときには大破した車の中ですっかり冷たくなっていたという。

それから間もなく、初枝さんは仏壇を片づけていて、たまたま母の遺書を見つけてしまった。そこには父と祖父母に対する恨み言が綴られていた。

「祖父母が母を嫌っていたのはわかっていました。でも私が生まれる前に、母の貯金と父が贈った婚約指輪を取り上げたことは知りませんでした。父が、母と離婚したら、祖父母が決めた婚約者と再婚するつもりだったのだということも、九歳のそのとき初めて知りました。母は遺書に『全員地獄に堕ちろ』と書いていました」

第九八話　堕ちろ（下）

初枝さんは語る。
「父方の祖父母は、私にはとても甘くて、ひたすら優しいおばあちゃん、おじいちゃんでした。父も、子煩悩で頼りがいのある良いパパでした。父の婚約者も素敵な女性だったと思います。それに対して、母は怖くて……とても迷惑でした。小六のときに父が家を建て替えるまで、私は一階の仏間に移動させられたんですよ。祖父母は『仏さまのご加護があるからこの部屋がいちばんいい』と言っていましたが、女の子なのに、仏間が自分の部屋だなんて」

仏壇がある部屋で寝起きしていたお陰で母の遺書を見つけた次第だが、「読みたくなかったですねぇ」と初枝さん。「『全員地獄に堕ちろ』と書いてあって、実際、あの女の人が車ごと転落して死にましたから、私だけじゃなく、父と祖父母も怖いと思っていたはずです」

事実、婚約者の死以来、父は情緒不安定になり、心療内科に通うようになっていた。

しかし病状は悪化の一途を辿り、初枝さんが中一の頃に失業。新築した家のローンが残っていたため、祖父が土地を手放して返済に充てた。

すると、資産を失ったことで気力が尽きてしまったのか、祖父が急に痴ほう症のような状態になり、医師に診せる相談を家族でしていた矢先に庭の池にはまって、低体温症で死んでしまった。このショックで祖母も心不全を起こして急死。

　病気の父と中学生の初枝さんだけが残された。

「まるでドミノ倒しみたいでした。次から次へと悪いことが起きて、母の遺書のことを思い出さずにはいられませんでした。……これはきっと母の呪いなんだと思いました」

　父にはきょうだいがいなかったが、祖父の弟である大叔父の家族が同じ町内に住んでいて、しばらく前から初枝さんのようすをときどき見にきてくれていた。初枝さんは大叔父たちに初めて母の遺書を見せた。そうしたところ、大叔父が初枝さんの母の菩提寺に相談してくれた。そしてたまたまそこが霊障を祓うことに長けた高野山真言宗の寺院だったため、父と初枝さんの厄除け護摩《ごま》祈願をしてもらうことになったのだった。

「ご祈祷のときに、初めて母のお墓参りをしました。母のお骨を納めたお墓があることは知っていましたが、私たちは法要にも関わっていませんでしたから。母の遺品があれば持ってくるようにとご住職から伝言があって、すると父が、母の婚約指輪をどこかから探し出してきました。祖父母が母から取りあげた指輪です。ずっと父が持っていたんですね」

　それは小さなダイヤが付いたプラチナリングだった。護摩祈願の前夜、自宅の二階で初枝さんが指に嵌めてみると、窓の外に白く輝く拳《こぶし》大の球が現れ、ゆっくりと堕ちながら消えていったのだという――今、その指輪は納骨堂で本来の持ち主と共に眠っている。

第九九話　来訪者

介護士の岡辺敬太さんが勤務する東京都の老人保健施設では、従来のナースコールの機能に加えて即時に会話することも可能な、ＰＨＳ式の〝オフィスホン〟というものを用いている。入居者の居室、共同浴室、トイレなど、館内各所にこれを設置して、介護士を始めとするスタッフと施設利用者が必要に応じ相互に呼び出して通話しているのだ。

また、正面出入口にもインターホンとして一機取り付けられており、デイサービスの利用者や来客が通話ボタンを押すと、最初に事務所のオフィスホンが呼び出される設定になっている。事務所で電話を取らなかった場合のみ、他の各所で一斉に鳴るのである。

着信履歴や通話記録が相互に残り、会話を録音したり、留守電メッセージを入れたりすることも出来る。

便利なものだが、敬太さんによれば、これがときどき異常な動作をするのだという。

たとえばこんなことがあった――夜勤明けの早朝、敬太さんが館内の共同浴場のオフィスホンをチェックしたところ、昨日午後一〇時過ぎに正面出入口から呼び出された着信履歴が残されていた。

だが、昨夜は八時以降、彼が知る限り、誰も来なかった。夜勤だった敬太さんは、前夜は他の夜勤スタッフと一緒に事務所で待機していた。正面出入口のオフィスホンから呼び出されたら、事務所のオフィスホンが真っ先に鳴り、もちろん着信履歴も残るのだ。また、静かな夜更けの館内であれば、どこにいても音が聞こえたはずだとも思った。実に奇妙だ……。

そのオフィスホンをよく見てみたらマナーモードになっていた。通常、マナーモードにしてはいけない決まりだったので、これも変だったが、とりあえず解除して台に戻した。

すると突然、呼び出し音が鳴りだすではないか！

ギョッとして手に取ることを躊躇していたら、すぐに鳴りやんだ。

着信履歴を見ると、またもや正面出入口の番号が記録されていた。

しかしその後、事務所や他のオフィスホンを調べると、着信があった形跡が無く、正面出入口のオフィスホンがそのとき使われた記録も残っていなかったのだという。

「こんなことが、ちょくちょく起きるんです。ここは元々サナトリウムか何かで、昔はたくさん結核病患者が亡くなったらしいので、そのせいかもしれません」

敬太さんから聞いたことを基にいろいろ調べてみたところ、現在の施設はホームページに沿革を記載していないが、同じ経営母体が昭和初期から同一住所で結核療養所を開設していたことがわかった。……たぶん、あまり公にしたくない歴史なのだろう。

第一〇〇話　橋の人

神奈川県の津久井湖《つくいこ》畔に生家がある青木一弥さんと双葉さん兄妹は、小学生の頃、橋を渡って湖の向こう岸にある小学校へ通っていた。今から二〇年近く前のことで、当時は二人ともその橋が有名な心霊スポットだとは知らなかった。一弥さんと双葉さんの親はそんな噂があることを出来るだけ二人に隠しておきたかったようだ。

一弥さんは、登下校はなるべく二人一緒に、車に気をつけて橋を渡るようにと両親から注意されていた。一弥さんにとって二つ下の妹と歩くのは退屈なことだったから、これには不満だった。確かに橋は二車線の道路になっていて、ちゃんとした歩道が無かったが、交通量は少なく、登下校の時間帯にここで車を見かけることは少なかったのだ。

ただ、ときどき学校から帰ってくるときに、橋の上に白いワゴン車が停まっていた。

橋の中央付近に、自分たちの進行方向とは逆向きに、つまりこちらを向いて駐車していることが一週間か二週間に一回ぐらいあった。

一弥さんはなんとなくこの車を見たことがあるような気がしていたが、珍しい車種ではなかったし、はっきりした記憶があるわけでもなかった。

車の運転席には二人の父よりは祖父に歳が近そうな年輩の男性が座り、ぼんやりと湖の方を眺めている。ベージュの上っ張りを着て、青黒い顔をして。

一弥さんが五年生の一二月、双葉さんが重い肺炎に罹って入院した。二学期が終わったら、冬休み明けまで一弥さんは母方の祖父母の家で過ごすことになっていた。

学校からの帰り道、またあの車が橋の上に停まっていた。

ただし、いつもとは違って、ベージュの上っ張りを着た男が車の外に出ていた。橋の欄干のそばに湖の方を向いて佇み、その隣に男と同じ姿勢で立っているのは——。

「双葉？　双葉だろ？　おーい！」

病院で寝ているはずの妹がいたので、一弥さんは大声で呼びかけて駆け寄ろうとした。ところが少しも近づかないうちに、二人と車が掻き消えて、橋の上には一弥さん独りが取り残されたのだった。車が停まっていた跡が濡れて黒くなっていた。

怖くなって泣きながら走って帰ると、父が待ち構えていて、妹が入院している病院へ車で連れていかれた——このとき双葉さんは重態で、幸い命を取り留めたが、今夜が峠だと言われていたのだという。

その後、例の男について両親に話したところ、恐らく一弥さんが三歳の頃に自殺した親戚だとわかった。遺体だけ湖で発見され、乗っていた車は見つかっていない。「あれは一弥を可愛がっていた。あの橋には幽霊が集まるんだ」と彼の父は言っているそうだ。

第一〇一話　雨の橋

前項の体験談の舞台、津久井湖は城山《しろやま》ダムの建設に伴って出来た人造湖である。一九六五年に竣工したそうだが、今訪れると、完成から半世紀以上を経た湖畔の景色には自然な情緒があり、湖底に一一集落、合計二八五戸の人家が沈んでいるとは思えない。

私が取材したときは、この湖の一部と、近接する戦国時代の山城の遺構・津久井城跡を利用した《県立津久井湖城山公園》が全面開園を目指して造成工事を進めていた。すでにオープンされたところもあり、津久井湖周辺を観光する際には是非立ち寄ることをお勧めする。

津久井湖は元より見どころが豊富で、わけてもよく知られているのが三井《みい》大橋だ。三井大橋は長さ二一二メートルのランガー橋で、空高くのびやかに弧を描く朱色のアーチが特徴だ。鮮やかな朱赤が湖畔の緑に映えて美しく、見物に訪れる人が絶えない。《かながわの橋一〇〇選》に選ばれたと聞いても、さもありなんと思うほかない。

この立派な橋がマスコミで度々、心霊スポットとして喧伝されているのは、地元の人たちにとっては迷惑な話だろう。困った噂の原因は、前述した湖底の集落の存在と、橋から身投げして自殺を図る者が多かったためだと思われる。

昨今はさまざまな自殺防止対策も取られているようだが、依然として、欄干から下を覗くと見えない力が働いて湖の方へ引き摺り込まれそうになるとか、雨の夜更けに女性の幽霊が現れるなどと、噂が尽きない。

旧津久井郡内の寺院による津久井四町仏教会では、似たような経緯を持つ相模湖と津久井湖の施餓鬼会《せがきえ》を毎年交互に行っている。従って津久井湖では一年おきに施餓鬼会が行われ、自死者のみならず、建設に伴った事故死者や水難事故死者、そして湖底に眠る祖霊を慰めるために御詠歌《ごえいか》を奉詠して供養しているのだ。

心霊スポット巡りが好きな大西徳真さんが三井大橋を訪れたのは、二〇一二年の七月初旬のことだった。日中は晴れ間も出て、明日は晴れるという予報だったのに、深夜、橋のたもとで車を降りたときから急に雨が降りはじめ、たちまち土砂降りになった。

傘を差して橋を渡りだす……と、真ん中辺りに差し掛かったとき、背後から駆けてくる足音がした。厭な予感を覚えつつ振り返る。

すると、髪の長い女が一人、傘を差さずに橋のたもと近くに佇んでいた。

凍りついた徳真さんを足音だけが追い越していき、しばらくして女の姿が掻き消えた。

あの女は、足音が橋を渡り切ると同時に消えたのでは……と徳真さんは思っている。

第一〇二話　トイレの鏡

千葉県の中学一年生、大山基希さんは、あるとき同級生三人と地元のボーリング場に行った。大型スーパーマーケットのビルに併設された遊技場の中にあり、親子連れの利用者も多く、中学生が遊んでも比較的安全そうな、健全な雰囲気のボーリング場だ。

基希さんたちは一時間あまりもボーリングに熱中した。が、だんだん飽きてきた。別の遊びをしたくなった。遊技場には他にアーケードゲームのコーナーもある。

「そろそろ違うことしない？　僕ちょっとトイレ行ってくるから荷物を見といてよ」

「わかった。ここで待ってる！」

すぐ戻ると言って基希さんはトイレに駆けていった。使ったことはなかったが、同じ階の隅に男子用と女子用のトイレがあることはボーリング場に入る際に前を通ったので知っている。一直線に向かって行って、男子トイレのドアを開けた。

その少し前から男子トイレが見えていた。そして見ている限りではそのドアを出入りする者はなかったが、ドアを開けてみたら、人に体当たりしそうになった。

「すみません！」

急いで謝ったが、その人は振り向かず、無言でスタスタと個室に入っていった。

中年の男性だ。個性に欠ける〝休日のお父さんスタイル〟の普通の人だった。

きっと〝大〟が出そうで焦ってんだな、と、基希さんは思った。彼自身は〝小〟がしたかったので、個室の差し向かいにある小便器に向かった。

小便器の前の壁に、顔の高さで横に長い鏡が取り付けられていた。小便をしている自分の肩越しに、少し離れて後ろに並んだ〝大〟の個室が映っている。

……全部、扉が開いていた。

「へ？」とおかしな声をあげながら、基希さんは個室の方を振り返った。

やはりどの個室の扉も開いていて、どれも内側は空だった。つい今しがた男の人が入っていった個室も。

しかし誰か出ていったらわかるはず。そもそも、ドアを開ける直前に入ったのでなければ、あんなふうにぶつかりそうな所に立っているのはおかしい。

ダッシュでボーリング場に戻って同級生たちに報告した。そうしたところ、中のひとりが、「このビルでは何度か自殺騒ぎがあったから、幽霊かもしれない」と言ったので、全員怖くなり、大急ぎで建物の外に逃げ出した。

表はまだ明るかった。よく晴れた日曜日の午後のことだったという。

第一〇三話　あの事件の死神

二〇〇〇年一二月三〇日深夜に起きた《世田谷一家殺害事件》は、ご存知の方が多いだろう。当時シェフの後藤生真さんは事件現場の付近で飲食店を営んでおり、平日は配送専門の弁当屋を、金・土の夜は居酒屋を生真さんひとりで切り盛りしていた。

彼は事件発覚の前から、被害者一家が住んでいた家の前を毎日オートバイで行き来していた。件の家は公園の立ち退き区域に建っており、生真さんはこの公園と都道を挟んで隣接する福祉施設に毎日弁当を届けていたのだ。また、自宅アパートとの行き帰りにも、この家が面している園内の車道を通ることが多かった。

「事件後、五回も職務質問を受けました。僕は警察が想定した犯人像に年齢や背格好が近かったようで……。あの事件、未解決ですよね？　ご近所で起きたというだけじゃなくて、殺人が行われた直後だと思われるときに現場の近くで変なことに遭遇したから、僕にとっては個人的に忘れられない事件で、早く解決することを願っているのですが」

それは事件当夜の午前二時頃に起きた。その日は土曜日で、生真さんの店は深夜〇時まで居酒屋営業をしていた。そして店を閉めて自宅にオートバイで帰る途中、公園内の十字路で信号待ちをし、信号が青に変わって発進したところ、目の前に人が飛び出してきたのだ。

慌てて急ブレーキを掛けたが間に合わず、衝突を回避するために、あえてオートバイを転倒させた。このとき生真さんは右腕を道路に強打、内出血と擦過傷を負いつつも、咄嗟に周囲を見回して、さっき飛び出してきた人物を探した。

しかし、それらしい人影は見当たらなかった。

「消えた！　と、思いましたね。転んだとき、バイクが体から離れて道路の上を滑っていったので、今の人、バイクが当たったら怪我をしちゃうと思ったんですよ。でも誰もいませんでした。走って逃げていく人影も見えなかったし、逃げ隠れするほどの時間もないのに。一瞬のことだったけど、野球のユニフォームを着た若い男だったような気がします。たぶん野球のヘルメットも被っていました。すぐそばに、某大学野球部のグラウンドがあるんです。だけど夜中の二時ですからね……」

後日、例の福祉施設に弁当を届けに行った折に、受け取りに出たスタッフにこの話をしたところ、「あなたが見たのは犯人だったかもしれない」と指摘された。

「でも僕がぶつかりそうになった人は消えましたから！　事件からしばらくして、あの家の窓から道路の方を眺めている人がいて、車やバイクで前を通りかかったときにその人と目が合うと、公園の先の十字路で事故を起こすって噂が地元で立ちました。ええ！　僕がオートバイで転倒した十字路ですよ。……あれは死神だったのかもしれませんね」

第一〇四話　雨夜の常連客

一九九八年頃、当時二〇代後半だった角田徹さんは、人生の一発逆転を図って六本木のキャバクラに就職した。まずは黒服になり、ゆくゆくは店長、そしてやがては風俗業界の帝王になるのだ。そのとき、残酷にも自分を見捨てたキャバ嬢・J子は後悔の涙を流すであろう。

……と、当時は本気でそう思っていた。

少し前まで、徹さんは大卒で新卒採用された不動産販売会社に就職し、平の営業社員として普通に働いてきたのである。しかし社長が夜逃げして二ヶ月分の給料が不払いになり、さらに社長は徹さん他何名かの社員を勝手に登記上の役員にしていたため裁判所から呼び出しを喰らい、社長が残した売掛金・不払い金等を払えと命じられた。

その額なんと五〇〇〇万円。合計ではなく、徹さんに課せられた金額が、だ。

当然払えない。彼は恋人を連れて逃避行の旅に出ようと決意した。それがJ子で、東京駅で待ち合わせをしたのだが、彼女は現れず、徹さんの電話やメールを着信拒否に。

だから徹さんはJ子からプレゼントされたネクタイで首を吊って死のうとした。ネクタイはJ子の心をよく反映したペラペラの安物で、彼の体重がかかった途端プッツリと切れ、お陰で命は助かったし、息子の自殺未遂事件に驚いた父親が慌てて弁護士をつけてくれたから借金も回避できた。が、徹さんの傷心は深かったのである。

そのキャバクラは、ホテルの地下階を全面使った大型店で、新規オープンしたばかりだった。人気嬢のダンスショーが売りで、本格的な照明装置を備えたステージもあった。

黒服の仕事というのは店の女の子のマネジメントと新人面接・事務仕事・宣伝広告と多岐にわたっていて、入社後、群馬県の伊香保《いかほ》で研修させられた。終礼は客が帰った午前二時過ぎ。その後さらに夜食のおにぎりを食べながら、客席で反省会兼ミーティング。

そんな黒服たちが、ボーイとは別に一〇数人いた。営業時間中、彼らは無線機のインカムで店長から指示を受けていた。

「店長は、店長室のモニターで客席の状況を監視して私たちに指示を出していたのですが、いつも雨の晩になると、誰もいない端っこのボックス席に早く女の子を行かせろと私たちを叱りました。なぜか雨の夜にはその席に決して客が座らなかったのも、奇妙と言えば奇妙でした。モニターで店内をチェックしている店長にだけ、そこにいる常連客の姿が見えているようでした。やがて店長は情緒不安定になり、女の子は辞めるし店の売り上げも落ちるし。結局、私はたった一年で黒服を辞めてしまいました。その店では他にもいろいろと怖い現象が起きたのですが……聞きたいですか？」

第一〇五話　まだいたのか！

前項に引き続き、かつて六本木のキャバクラで黒服をしていた角田徹さんの話。

「オープン直後に、厨房スタッフが配膳口から覗き込んでいる変な人を見たのを皮切りに奇怪な現象が続いて起こりました」

しかし全員が異変に気づくまでには日数を要した。なぜなら初めのうちは限られた者にしか、怪異が見えなかったからだ。

店長だけに見える雨の夜の常連客も初期から起きはじめた現象だったが、存在しない客を「なぜ放っておくのか」と叱責されなければ、他の者は知り得なかった。また、配膳口から覗く者も厨房スタッフしか目撃者がおらず、どんな姿かという説明もなかった。

だが、開店からひと月ほどで状況が変わってきた。

ある雨の日の午後六時頃、徹さんが出入口に近い店内の廊下をモップがけしていたら、紫色の和服を着こなした女性がしずしずと客席フロアの通路を歩いていくのが目に入った。白い帯を粋な角出しに結び、艶やかな髪をふっくらと結いあげた徒な姿は、一見して玄人だ。しかしキャバクラに勤めるタイプではないし、知らない顔だ。

「すみません」と徹さんは声を掛けた。聞こえなかったのか、女性は振り向きもせずトイレに入っていってしまった。「すみません！　どちらさまですか？」と、モップを放り出して追いかけ、「失礼しますよ」と彼はトイレのドアを開けた。

着物の女性は消えていた。トイレは袋小路なのに。

やがてダンスショーのリハーサル中にも、野球帽を被った七、八歳の少年のシルエットが走りまわるという事件が起きた。円いスポットライトが店内を駆け巡る演出があったのだが、その光の中に野球帽をかぶった男の子の影がはっきりと何度も映ったのだ。

このときは、ショーメンバーの女の子一〇人と徹さんを含む黒服やダンスの振付師など一五名が目撃した。時刻は午後一時。地下にある店とは言え、白昼の出来事だった。

さらに、このダンスショーの本番を録画したビデオには、一〇人しかいない女の子が一一人映っていた。店長はこのビデオを封印するとして、黒服たちに箝口令《かんこうれい》を敷いた。

そして遂には女性用のロッカールームにも野球帽の少年が出没するようになった。

この頃から店の経営が傾きだして、退職者が続出し、徹さんも黒服を辞めた。

――それから一〇年後。現在勤めている会社に就職して月日が経ち、すでに会社員が板についた徹さんは、社用で六本木に行ったついでに、あの店を訪ねてみたのだった。

「経営者が変わって違う店になってましたが……でも驚いたことに女の子がこう言うじゃありませんか！　『この店、野球帽かぶった男の子の幽霊が走りまわるんですよ』って」

第一〇六話　ビクビクする灰色のもの

妖怪研究の第一人者、小松和彦《こまつかずひこ》の『妖怪学新考』に、《妖怪はあらゆるところに出没する可能性を持っている》という一文がある。そしてその理由として警戒心と不安をあげている。私の実話奇譚にはこれまで妖怪の出番がほとんど無かったが、怪異の目撃者がそれを妖怪と見做さず幽霊だと思うためである。現代人は、人の情念の残滓たる幽霊の方に親和性が高いのかもしれない。

しかし、警戒心や不安を抱かせる状況に置かれた者が理不尽にも遭遇してしまった、わけがわからない異形の者は妖怪の可能性がある。

当時五歳の池町広武さんは実母から虐待を受けていた。罵倒と殴打に怯える毎日で、父が帰宅するまで家に帰らず、黄昏時はいつも、自分が住んでいる団地の周辺を独り彷徨った。

幼馴染のLくんとは幼稚園も同じで、しょっちゅうつるんでいたが、Lくんは日が暮れるとトイレやご飯のために家に帰ってしまうのだ。

その日も、それまで仲良く公園で遊んでいたのに、急に大便がしたくなったと言ってLくんは家に帰ってしまった。夕焼け空がまだ綺麗なのに……。気がつけば、滑り台の影が長くなった公園は、すっかり寂しくなって、足早に通り抜ける大人たちばかり。広武さんは公園を隅々まで歩きまわり、仲間になってくれそうな子どもを探しはじめた。

公園の隅にプレハブの小屋が建っている。これが団地のシュウカイジョというものなのだということは広武さんも知っていた。シュウカイジョには滅多に人がいない。このときも無人の建物特有の冷たい気配を感じたが、そばに行ったら、突然「ウーッ」と人の声がした。

声の方を見ると、シュウカイジョの裏にある生垣の下から、人のような人ではないような灰色の生き物が上半身を突き出していた。

這い出そうとしているようにも見えたが、どんどん前に出てくるわけではなく、右腕を前に伸ばしてうつ伏せの姿勢のまま、じっとしている。

腹ばいになっているから顔は見えない。裸でガリガリに痩せていて、肌の色が工作用の油粘土みたいな灰色だ。汚れた黒い毛糸みたいな髪が生えている。

「何してるの?」と、ふいにLくんに肩を叩かれた。戻ってきてくれたことは嬉しかったが、今はそれどころではない。「見て！　ほら！　これなんだろう?」と広武さんは足もとに這いつくばっている奇妙な灰色の生物を指差した。

しかしLくんは「なんにもいないよ」と応えた。広武さんが「えっ?」と訊き返したとき、それがビクビクと釣りあげた魚のように激しく暴れはじめた。

第一〇七話　僕の先生

一九七六年の一二月二六日のこと。そのとき、広島県の高校一年生、村上誠さんは炬燵で年賀状を書いていた。

この日は温暖な広島にしては珍しく大雪が降り、天気予報では明日も雪とのことだった。雪は朝からしんしんと降り積もって、世界を白く染めあげていく。ときどき窓の外を眺めたり蜜柑を食べたりしながら、温かい室内で年賀状を書くのは楽しいものだった。

夕飯が済むと彼は再び年賀状を書きはじめた。雪景色を見たかったので障子を開けたままにしておいたところ、窓の外を中学校の音楽の先生が通りかかった。

K先生、相変わらず綺麗だ、と、横顔に見惚れていたら、先生がこちらを振り向いた。

誠さんは炬燵から飛び出して窓を開けた。「先生！　憶えていますか？」

自分でも思いがけず、よそいきの言葉が出た。「三のAの村上です！　こんばんは！」

K先生は、彼と目が合うと美しく微笑みかけてくれた。そして静かに立ち去った。

「先生、さようなら！」

本当はちゃんと話したかった。どれだけ憧れていたことか。中学のときは、女神さまみたいなこの先生の前では緊張して口がきけなかった。残念だ。

――そうだ。K先生に年賀状を書こう！

雪の中にスーッと消えていった華奢な後ろ姿を思い返しながら、彼は年賀状をしたためた。ところが住所を書く段になって、自分たちが卒業する間際に先生が退職したことを思い出したのである。卒業アルバムにK先生の住所は載っていなかった。

しかし、すぐ近所にK先生と仲が良かったピアノの上手い女子が住んでいた。あの子なら住所を知っているかもしれないと思い至り、翌朝訪ねて訊いてみた。

「おはよう。なあ、K先生の住所知っとる？　わし先生に年賀状書こう思うて」

「K先生に年賀状？」相手は眉をひそめた。「あんた本気で言うとるん？」

「は？　本気よね。いけん？」

「……知らんのじゃの。先生、昨日死んじゃったんよ。うちも今、電話で知ったばかり」

K先生は結婚と同時に退職し、産み月を迎えていた。昨日急に産気づいて助産師を自宅に招いたが、大量に出血して危篤状態に陥り、搬送中に息絶えたとのことだった。大雪で救急車の到着が遅れたことも亡くなった原因かもしれないということだ。

誠さんはそれを聞いて、驚きと悲しみでしばらく声も出なかった。

――ちなみに、そのときK先生は亡くなったが、お腹のお子さんは先生の遺体から無事に生まれた。それがおそらく、K先生が誠さんに微笑みかけたときのことで。

第一〇八話（跋）人魂《ひとだま》のさ青《を》なる君《きみ》がただひとり逢《あ》へりし雨夜《あまよ》の葉非左し思《おも》ほゆ

今年（二〇一九年）五月一日から元号が変わり、万葉集を典拠とする《令和》の時代が始まった。

一種の職業病として看過《かんか》してもらいたいのだが、私には何にでも怪談・奇譚の種を見出す癖があり、万葉集も例外ではない。

この項の題は、第十六巻の巻末に収録された《怕物謌《おそろしきもののうた》三首》の最後の歌、集歌三八八九番の訓読で、原文は《人魂乃 佐青有公之 但独 相有之雨夜乃 葉非左思所念》。

これは万葉集で人魂を詠んだ唯一の歌としてよく知られている。葉非左の意味が取れないため〝難訓歌〟と呼ばれ、訓訳に若干ばらつきがあるが、大筋では、人魂となった誰かと雨の晩に出逢った情景を詠んだ歌だと解釈されている。〝君〟に主格があるのは逢魔《おうま》表現、つまり思いがけない邂逅《かいこう》だったと仮定して意訳すると、次のような歌になる。

《真っ青な人魂となった君と、たった独りで雨の夜に出逢ってしまって……》

どうだろう？ 私は、これぞまさしく実話奇譚だと思ったのだが。

この本にも、亡くなった親しき者たちや雨の夜が登場する。人魂らしき物も現れ、体験者が独りでいるときに思いがけず怪異に遭遇してしまうことも多い。

彼岸と此岸の境界に開いた裂け目にふいに堕ちて、現実には存在しえないはずの何者かと接触する。その瞬間の心情たるや如何《いか》に。

——そうしてみると、実話奇譚の真髄はすでに万葉集に描かれていたのだ。

歌題にある《怕物》は「おそろしきもの」とも、返り読みにして「ものにおそるる」とも読まれているそうだ。人間は、此の世ならざる存在に出逢ったとき、畏怖《いふ》の心で畏れることもあれば、恐ろしく感じて怯えることもある。畏れ敬いながら、同時に怖がる場合もある。

では、この歌で言えば葉非左、私が意訳で「……」としたところに描かれるべきは人の情、心模様に違いない。異界との邂逅によって人は魂を揺さぶられるはずであるから。

電話インタビューの最中に、ある体験者さんから「雨が降ってきましたか？」と訊かれたことがあった。私の声に急に雨音が被さって聞こえてきたというのだが、こちらは晴れている。電話機のトラブルだろうと思って気にしないでいたら、インタビューを終えた直後に、疎遠になって久しい知人の訃報が届いた。

——そう言えばあの人に傘を貸したことがあった。私の傘を差して雨の夜へ消えていった後ろ姿を、ふいに思い出した。

傘の色まで憶えていた。寂しい水色。私は忘れていなかった。過去が還《かえ》らないとしても。

【参考資料】

『涅槃経の教え「わたし」とは何か（同朋選書40）』古田和弘／真宗大谷派宗務所出版部
『怪の壺　あやしい古典文学』山ン本眞樹／学習研究社
『かたゐ袋』菅江真澄／大館市立栗盛記念図書館所蔵（公開PDFファイル）
『江戸の町は骨だらけ』鈴木理生／筑摩書房
『死体を語ろう』上野正彦（対談）永六輔・内田春菊・氏家幹人他（ゲスト）／時事通信社
《かつては海が目の前にあった「品川駅」失われつつある潮風の記憶》枝久保達也／DANRO（WEBメディア）
《年代流行》（データベース https://nendai-ryuukou.com/）
『80年代オマケシール大百科』サデスパー堀野／いそっぷ社
『耳嚢　上・下巻』／根岸鎮衛／長谷川強（校注）／岩波書店
《浜松の盆》浜松情報BOOK／（株）浜名湖国際頭脳センター（WEBメディア）
『CD付 ニューエクスプレス アイヌ語』中川裕／白水社
『寺社書上 牛込寺社書上 七』江戸幕府編纂（文政8年～12年頃）／請求番号112（3ページ・37～40ページ）／国会図書館デジタルコレクション
《猫の足あと　東京都寺社案内》（データベース https://tesshow.jp/index.html）

《過去の天気》goo天気（検索エンジン https://weather.goo.ne.jp/past）
《発見！　ストレス臭の正体！》エージーデオ24／資生堂（広告サイト）
《湯布院と由布院》違いがわかる事典／株式会社ルックバイス（WEBメディア）
《豊後キリシタン小史》／カトリック大分司教区
『大分県の歴史（県史44）』豊田寛三・後藤宗俊・飯沼賢司・末廣利人／山川出版社
《キリシタン殉教公園》一般社団法人大分市観光協会
（観光スポット検索 https://www.oishiimati-oita.jp/spots/）
『百物語怪談会 文豪怪談傑作選・特別篇』より鏑木清方夫人「お山へ行く」／東雅夫（編）筑摩書房
『和漢三才図会（東洋文庫）』寺島良安／島田勇雄・竹島淳夫・樋口元巳訳注／平凡社
『中国古典小説選2』より「捜神記」干宝／竹田晃・黒田真美子編 佐野誠子訳著／明治書院
『将門伝説の歴史（歴史文化ライブラリー407）』樋口州男／吉川弘文館
《昭和60年 警察白書》より「第4章　少年非行の防止と少年の健全な育成」警察庁（公開資料 https://www.npa.go.jp/hakusyo/s60/s600400.html）
『校内犯罪（いじめ）から我が子を守る法』森口朗／育鵬社
《未来に残す戦争の記録　愛知県の空襲被害データ》ヤフー株式会社

（データベース https://wararchive.yahoo.co.jp/airraid/pref/?id=23）
『人に話したくなる裏日本史――隠匿された歴史の真相』日本裏歴史研究会／竹書房
『奄美・吐喇の伝統文化 祭りとノロ、生活 鹿児島県の伝統文化シリーズ3』／下野敏見／南方新社
『カトリック小事典』ジョン・A・ハードン（編著）／浜寛五郎（訳）／エンデルレ書店
《月船跡》かごしまデジタルミュージアム／鹿児島市市民局市民文化部文化振興課（WEBメディア）
『三国名勝図会60巻・2（巻之4―6）』コマ番号96・大磯山月船寺（愚門入定窟）／五代秀尭・橋口兼柄（共編）／山本盛秀（出版者）／請求番号 291.97-G56s ／国会図書館デジタルコレクション
《廃仏毀釈》鹿児島県ホームページ
（https://www.pref.kagoshima.jp/ab23/pr/gaiyou/rekishi/bakumatu/haibutu.html）
《「国産車は以前より高くなった」は本当か》ベストカーWEB編集部（WEBメディア）
『自殺死体の叫び』上野正彦／角川書店
『2017年度 まちづくり戦略会議「ボートのまち」の未来を見据えたまちづくりに関する研究』戸田市まちづくり戦略会議（編・提言書）／戸田市政策秘書室（発行）

《大祓について》神社本庁ホームページ
（https://www.jinjahoncho.or.jp/omatsuri/jinja_no_omatsuri/ooharae）
《県立津久井湖城山公園》公益財団法人神奈川県公園協会ホームページ
《水難事故犠牲者の霊供養、相模湖で施餓鬼会／相模原》神奈川新聞・社会面（２０１１年11月17日付）
『鬼ノ城と吉備津神社「桃太郎の舞台」を科学する』岡山理科大学『岡山学』研究会／吉備人出版
《鬼城山（鬼ノ城）》岡山観光ＷＥＢ（ＷＥＢメディア）
《警視庁単身者待機寮規程》昭和43年2月20日訓令甲第二号／警視庁ＰＤＦ文書
（www.keishicho.metro.tokyo.jp/about_mpd/johokoukai_portal/kunrei/.../002_04.pdf）
《新川二丁目遺跡》全国遺跡報告総覧／奈良文化財研究所ほか
《中央区遺跡一覧》東京都生涯学習情報
（データベース http://www.syougai.metro.tokyo.jp/iseki0/iseki/list/ruins/13102/102ruins.htm）
《怪異・妖怪伝承データベース》国際日本文化研究センター
（http://www.nichibun.ac.jp/YoukaiCard/0080120.shtml）
『妖怪学新考』小松和彦／講談社

『日本凶悪犯罪大全（文庫ぎんが堂）』犯罪事件研究倶楽部（編著）／イースト・プレス
《万葉集「怕物歌三歌」考：異界への「おそれ」》倉住薫／大妻女子大学紀要・文系委員会編／大妻女子大学
『魔の系譜』谷川健一／講談社
『万葉集 全訳注原文付（一）〜（三）』中西進／講談社
『万葉集事典　全訳注原文付　別巻』中西進（編）／講談社

一〇八怪談　夜叉

2019年6月5日　初版第1刷発行

著者　川奈まり子
企画・編集　中西如（Studio DARA）
発行人　後藤明信
発行所　株式会社 竹書房
〒102-0072 東京都千代田区飯田橋2-7-3
電話03（3264）1576（代表）
電話03（3234）6208（編集）
http://www.takeshobo.co.jp
印刷所　中央精版印刷株式会社

定価はカバーに表示しています。
落丁・乱丁本の場合は竹書房までお問い合わせください。

ISBN978-4-8019-1878-8 C0193